겁 많고 소심한
희정이도 살았습니다

겁 많고 소심한
희정이도 살았습니다

초판 1쇄 발행 2021년 2월 1일

지은이 심희정
펴낸곳 크레파스북
펴낸이 장미옥
책임편집 노선아
디자인 디자인크레파스

출판등록 2017년 8월 23일 제2017-000292호
주소 서울시 마포구 성지길 25-11 오구빌딩 3층
전화 02-701-0633
팩스 02-717-2285
이메일 crepas_book@naver.com

인스타그램 www.instagram.com/crepas_book
페이스북 www.facebook.com/crepasbook
네이버포스트 post.naver.com/crepas_book

ISBN 979-11-89586-26-3 (03810)
정가 15,000원

이 도서의 국립중앙도서관 출판예정도서목록(CIP)은 서지정보유통지원시스템
홈페이지(http://seoji.nl.go.kr)와 국가자료종합목록 구축시스템(http://kolis-net.nl.go.kr)에서
이용하실 수 있습니다.

겁 많고 소심한
희정이도 살았습니다

더 재밌는 인생, '새로운 나'를 만나기 위한 제주도 한달살이

크레파스북

· 프롤로그 ·

─────
Prologue

서른한 살이 되면 당연히 뭐라도 되어 있는 줄 알았다. 그렇게 알고 살았다. 내가 이 나이 먹어서도 하고 싶은 게 이렇게까지 많을 줄 몰랐고, 심지어 아무것도 안 되어 있을 줄은 상상도 하지 못했다. 주위에 꿈이 없는 친구들은 하고 싶은 게 많은 나를 신기해하며 늘 부러워했고 입버릇처럼 말했다.

"넌 어떻게 항상 하고 싶은 게 그렇게 많노. 하고 싶은 게 많아서 좋겠다야."

"넌 꿈이 있어서 좋겠다. 열정 많은 니가 부럽다."

"난 하고 싶은 게 뭔지 꿈이 뭔지 모르겠다."

그러면 나는 말했다.

"야, 나는 너희가 제일 부럽다. 하고 싶은 게 없으면 안 하면 되잖나? 얼마나 좋아? 안 하고 싶은 것도 복이다 복. 이 나이 먹어서도 하고 싶은 건 많고 겁은 또 미친 듯이 많아서 매일 울고불고하는 거 안 보이나. 결국 하고 싶은데 못하는 일도 천지고. 안 하고 싶은 건 진짜 복이다, 복."

　따지고 보면 뛰어나게 잘하는 것도 없고 썩 잘난 것도 없는데 주위에 쏟아지는 칭찬에 우쭐해져 더 많은 걸 하려고 이것저것 손을 댔던 것도 같다. 왜 그런 거 있지 않나. 예쁜 애들은 아무 짓 안 하고 가만 앉아 있기만 해도 예쁘다 칭찬받는데 못생긴 애들은 그 앞에서 춤추거나 노래 부르고 하다못해 우스꽝스러운 표정이라도 지어야 한 번쯤 주목받는 것 말이다. 내가 딱 그 짝이었다. 노래나 춤은 물론이고 어렸을 때 내 사진을 보면 거의 모든 사진에 개그 콘테스트에서나 볼 법한 우스운 표정이나 포즈를 취하고 있다. 그때는 몰랐는데 커서 보니 나름 지도 사회생활을 한다고 가지가지 다 했다 싶어 과거의 내 모습이 측은하기까지 하다. 내 얼굴이 송혜교나 수지 반 토막만 닮았어도 그런 수고로운 짓은 안 했겠지. 어릴 적부터 하고 싶은 게 많았던 건 어쩌면 이 세상을 살아가기 위해 혼자 터득해낸 방법일지도 모르겠다. 나만의 무기를 스스로 만들려고 애쓰다 보니 하고 싶은 게 하나둘 많아진 게 아닐까. 세상을 살아간다는 건 하루하루가 전쟁이지 않나. 전쟁통에 나가는데 나만 무기가 없다고 빈손으로 나가 총알받이가 되고 싶지 않았다.

　하고 싶은 건 어렸을 적부터 늘 많은 아이였지만 하고 싶다고 다 할 수 있는 건 아니었다. 하고 싶은 게 많아 좋은 건 할 수 있을 때나 그렇지 할 수 없는 사람에게는 하고 싶은 게 많다는 건 곤욕이다.

나는 자타공인 심각한 겁보라 하고 싶은 게 많아도 도전하는 것조차 쉽지 않았다. 일단 남들 다 좋아하는 놀이동산이 싫다. 정확히 말하자면 놀이동산에서 놀이기구 타는 것을 극도로 혐오한다. 놀이동산에서 놀이기구를 타지 않고 맛있는 음식 먹고, 사람 구경하고, 사진 찍고 노는 것은 괜찮지만 내 목숨을 위협하는 놀이기구는 싫다. 그것도 내 돈 주고 안전을 알 수 없는 기계에 아무 장비 없이 올라탄다는 건 아직도 이해가 되지 않는다. 무시무시한 바이킹이나 롤러코스터를 타다 심장마비로 죽으면 어쩌나.

이번에는 귀신. 엘리베이터 귀신이 분명 존재하는 것 같다. 존재하지 않는다면 왜 그런 무시무시한 귀신 이야기가 옛날 옛적부터 지금까지 돌고 있겠나. 엘리베이터를 혼자 탔을 때 뒤를 돌면 귀신이 뒤에서 나를 보고 있을 것만 같았다. 그래서 엘리베이터만 타면 가만히 있지를 못하고 360도로 계속 도는 나를 발견하곤 한다. 이러다 미쳐버리는 건 아닐까 싶어 한동안 미치지 않으려고 계단만 이용했다. 집이 7층이라 7층까지 걸어 올라갔다. 그러던 비 오는 날, 학교에서 선생님이 계단 귀신 이야기를 해 준 후 좌절했다. 학교에서는 왜 이런 무서운 이야기를 내 동의도 없이 수업시간에 불시로 하는 건지. 최악이다.

이것까지 적어야 하나 몇 번 고민했지만 나는 땅이 꺼질까 두렵고, 하늘이 무너질까 겁난다. 우스갯소리 같겠지만 일주일에 한 번 정도는 이 생각 때문에 심장이 벌렁벌렁하는 사람이다. 새로운 건물에 들어갈 때는 혼자만의 의식이라고 해야 할까, 벽이나 바닥을 두드려 보거나 이상 행동을 자꾸 한다.

"민아, 만약에 우리 아파트에서 100킬로 넘는 사람이 매일매일 제자리 뛰기를 계속하면 집이 무너지겠제? 아니면 누가 망치로 계속 바닥 두드리면 집 갈라져서 무너지는 거 아니가? 누나는 지금 너무 무서워."

무려 열네 살 차이 나는 늦둥이 막냇동생을 앉혀 놓고는 이렇게 말하면 엄마는 옆에서 한숨 푹푹 쉬신다.

"동생한테 서른 넘은 누나가 할 소리다, 참."

고개를 절레절레하고, 막내는 그런 나를 붙들고 동생 다루듯 설명해 준다.

"100킬로 넘는 사람 100명이 같이 제자리 뛰기를 해도 집 안 무너진다. 걱정하지 마라, 누나야."

그러면 잠시나마 안심이 된다. 그게 며칠 가지 못해 문제지만. 문단속하지 않으면 너무 피곤해 미쳐버릴 것 같은 날도 기어가든 굴러가든 꼭 한 번 더 문단속해야 직성이 풀린다. 하다 하다 사람도 무섭다. 뉴스를 보면 세상에는 소름 끼치는 범죄가 하루가 멀다하고 일어나지 않나.

이런 쫄보면서 또 여행하는 것은 좋아한다. 여행을 떠나기 전 며칠은 불안해 밤잠 설치는 것도 예사다. 여행 가서도 남들처럼 여유롭게 여행지에서 만난 사람들과 쉽게 어울리고 즐기는 건 한 번도 해 본 적이 없다. 시도해 볼라치면 여행지에서 일어나는 무섭고 끔찍한 일이 뉴스를 타니 이젠 엄두조차 나지 않는다. 이런 걸 보면 두려워 여행을 주저하다가도 또 얼마 후 여행 떠나고 싶은 간절함이 스멀스멀 올라오고 만다. 그럼 어쩌겠나. 울면서 짐 싸는 거지. 무서우면 하지 않으면 그만인데, 무서운데 굳이 또 하고 싶은 마음도 크니 늘 문제였다. 이런 세상 눌도 없는 쫄보가 하고 싶은 게 또 생겨났고 떠나고 싶은 곳이 생겼다. 이번에는 무려 한 달씩이나 혼자 제주도를 가고 싶어졌다. 아는 사람 아무도 없는 곳으로.

01
제주
뚜벅이

01
___

죽거나 사라지거나
공항이거나

며칠은 설레고 꿈만 같았다. 부끄럽게도 서른이 넘도록 스스로 무언가를 혼자 결정 내리고 시도한 적이 별로 없던 사람이라 비행기, 숙소 예약만으로도 큰일을 해냈다는 착각에 빠져 있었다. 게다가 아빠 엄마 없이 한 달이나 독립하다니! 늦어도 너무 늦은 나이지만 이제야 비로소 어른이 된 것 같은 착각마저 들었다.

며칠이 더 흘렀다. 내 예상은 맞아떨어졌다. 하루하루 갈수록 설레는 마음은 온데간데없고, 혼자 한 달이나 지내겠다고 선포한 걸 후회했다. 매일 잠만 자면 전쟁이 나는 악몽을 꾸었다. 농담 같겠지만 진짜였다. 꿈에 한 줄로 선 사람들이 큰 짐을 둘러업고 하나같이 무서운 표정을 하곤 어디론가 분주히 가고 있었다. 창문을 열고 소리쳤다.

"다들 어디 가요?"

"전쟁 나서 피난 가요! 얼른 도망가요."

"아빠! 전쟁 났대!"

매일 이런 꿈에서 깼다. 미칠 것 같았다. 어찌나 나불거리고 다녔는지 내가 제주도에 한 달 살러 간다는 것을 주위에 모르는 사람이 없었다. 내 친구뿐만 아니라 내 친구의 친구, 내 친구의 부모님, 내 동생의 친구까지도 알고, 심지어 SNS에 하도 자랑해 몇천 명이 다 알아버렸다. 이제 가지 않는 방법은 죽거나 사라지거나 이 두 가지밖에는 없었다. 불안해서 잠도 오지 않았다. 남은 2주 안에 그럴듯

한 핑계를 찾지 못했고, 그렇게 뱉은 말을 주워 담기 위해 제주도에서 한 달 살기는 시작되었다.

　AM. 11:00 김해공항.

　마산역에서 엄마랑 리무진을 타고 2시간 일찍 김해공항에 도착했다. 서른이 넘도록 엄마 곁에서 떨어져 본 적 없는, 막내보다 더 막내처럼 자란 둘째 딸이라 혼자 제주도를 간다는 것보다 엄마와 떨어져 한 달을 지낸다는 게 실감이 나지 않았다.

　아빠 엄마 없이 마산 바닥 아닌 제주도에서 한 달이라니. 제주는 무려 섬이 아닌가. 두려웠다. 남들에게 아무것도 아닌 이 일이 내게는 3년 유학길에 오르는 기분과 같았다. 벌써부터 죽상인 나와 달리 이상하게 엄마는 웃고 있었고, 기분 탓인지 몰라도 어딘가 모르게 속이 시원해 보이기까지 했다. 엄마는 2박 3일 후면 만날 것처럼 별일 아닌 듯 행동했다. 그런 엄마를 보사니 혼사 울기도 그래서 공항에서는 눈물을 보이지 않았다.

　한 달 뒤에 성장한 모습으로 만나자고 씩씩하게 인사하고 돌아섰는데 슬슬 배가 이상했다. 늘 이게 문제다. 자각하기도 전에 몸에서 먼저 반응이 온다. 하마터면 모양 빠지게 공항 화장실에서 엄마를 다시 부를 뻔했다. 긴장하면 모두가 그럴 테지만, 나는 유독 볼일이 말썽이다.

대학생 때 내 생에 가장 순수하게 좋아한 남자애가 축제 때 자기 아빠 차를 타고 왔다고, 집에 갈 때 같이 타고 가자며 큰 기회가 왔을 때도 그랬다. 미친 듯이 긴장되더니 학교 화장실에서 볼일이 멈추지 않아 슬프게도 그 차에 같이 오르지 못하고 한참 후에 혼자 택시 타고 울면서 집으로 돌아간 슬프고도 더러운 기억이 있다. 이날도 분명 여유롭게 공항에 도착했는데, 화장실에서 남은 시간 다 쓰고 비행기에 오를 때는 땀을 한 바가지 흘리면서 뛰고 있었다.

여행 에세이나 영화에서 보면 혼자 여행 떠날 때 다들 낭만적이게 창가 자리에 앉아 여행 전 두근거림으로 가득 차 사색에 잠기거나 일기를 쓰는 모습이 부러워 나도 분명 창가 자리를 달라고 했다. 그런데 어디서부터 잘못된 건지, 내 자리에는 쥐구멍 수준의 작은 창문이 달려 있었다. 이게 무슨 일인가. 알고 보니 이 자리가 비상구 자리라나. 내가 하는 일이 그렇지 뭐. 비상구 창문으로 사색이니 뭐니 허세 부릴 여유도 없이 한 시간 만에 제주공항에 내렸다.

한 달 살이 집으로 가려면 공항을 빠져나와 버스를 타고 제주 시외버스 터미널로 가서 또다시 버스를 타고 한 시간을 달려 서귀포 남원으로 가야 했다. 거기서 끝이 아니라, 게스트하우스 사장님 차를 타고 한 번 더 들어가야만 한 달 살이 집을 만날 수 있었다. 갈 길이 구만리다. 낭만을 즐길 틈이 없었다. 캐리어 하나, 배낭 하나, 노

트북 하나, 거기에 덩치가 산만한 내 몸까지 구겨 넣어 버스에 겨우 앉았다.

'내가 지금 여기서 뭐 하나.'

한심한 생각에 빠질 때쯤 창밖을 보았다. 거짓말처럼 넓은 초원에 애니메이션에서 보았던 큼직하고 수려한 미모의 말들이 뛰놀고 있었다. 말도 안 돼, 거짓말! 버스가 달리는데 초원 위에 말이라니. 그래, 제주는 제주구나. 제주에 한 달 살러 오긴 왔네, 내가. 이때서 야 지금 실감이 났다. 그 후로 40분을 더 달려 남원에 도착했다. 짐 도 많은데 비까지 쏟아부었다. 가지가지 한다. 버스정류장에 내리니 게스트하우스 사장님이 먼저 도착해 기다리고 계셨다. 키가 150미터 중반쯤 되어 보이는, 짧은 커트 머리에 서울말을 쓰고 약간 개그우먼 정경미 같은 느낌의 여자 사장님이었다. 모르긴 몰라도 바리바리 둘러맨 짐에 비까지 맞아 영락없이 거지꼴이었을 날 보고 많이 놀랐을 거다.

사장님 차를 타고 5분 만에 게스트하우스에 안전하게 도착했다. 내가 예약한 방은 게스트하우스에서도 가장 작은 방이었다. 가격이 가장 저렴해 선택한 방이다. 며칠 뒤 언니가 제주도에 왔을 때 내 방을 보고 깜짝 놀라더니 한마디 내뱉었다.

"관이가?"

언니 말에 웃겨 자지러졌다. 관이라니. 관만큼은 아니었지만 내 방은 몹시 좁긴 좁았다. 가구라고 할 만한 것도 2층 침대와 아주 작은 미니 선반 하나에 벽걸이 에어컨 하나. 이게 다였다.

배가 너무 고파 게스트하우스에서 저녁을 먹고 싶었지만, 미리 신청하지 않아 다음 날부터 저녁을 먹을 수 있다고 했다. 낯선 방에 혼자 있으니까 조용하고 무서워 노트북을 켰다. 옛날 한참 좋아했던 드라마 〈내 이름은 김삼순〉을 켜 놓고 일찍 잠이 들었다.

이렇게 하루가 끝날 줄 알았다. 바로 옆방에 있는 남자가 꿈을 꾸는 건지 뭔지 잠 좀 자려고 하면 미친 듯 고함을 질러대 새벽에 잠을 몇 번이나 깼다.

'아니 무슨 이런 방이 다 있냐?'

나름 합리적인 가격이라고 생각했는데 제주도에서 한 달 살이 할 내 방은 방음이 하나도 안 됐던 것이다. 그러나 이것은 예고편에 불과했다.

01 · 제주 뚜벅이

02
와랑와랑

한 달 살이를 준비할 때 다이어리에 가고 싶은 해변과 카페 몇 군데, 먹고 싶은 음식 몇 가지를 적어 두었다. 그중 한곳이 서귀포 위미리에 있었다. 예전부터 눈여겨보았던 '와랑와랑'이라는 카페에서 여유롭게 커피나 한잔 마시면서 글이나 실컷 쓰고 오기로 했다. 글은 어떻게 쓰는 것이고 도대체 뭘 써야 하는지는 모르겠으나 이날의 계획은 이게 다였다.

730번 버스(버스노선 개편으로 현재는 다른 버스가 운행 중이다)를 타고 세천동 정류장에서 내렸다. 큰 건물 하나 없고, 투박한 돌담에 낮은 지붕 집들이 군데군데 있는 고요한 동네. 걸어가는 동안 사람 한 명 지나가지 않았다. 안 그래도 알아주는 길치에 겁보라 긴장하며 혼자 걷고 있는데, 이 동네 새소리마저 요상하고 무섭게 들렸다. 새도 무서운 인간이 도대체 왜 혼자 이 섬에 글을 쓰러 여행을 온 건지 내가 생각해도 아이러니하다. 저 멀리 찾아갈 카페가 보일 때쯤 위협적으로 보이는 녹음이 우거진 크디큰 공원도 내 눈앞에 같이 나타났다. 이걸 공원이라 해야 할지 야자수 숲이라해야 할지 모르겠으나, 중요한 건 텔레비전이나 잡지에서 보던, 아름답고 꿈에 그리던 야자수가 아니란 거다. 반짝이는 해변이 생각나는 낭만적인 완두콩 빛깔의 야자수 느낌이 아니라 칙칙하고 어두운색의 야자수가 무시무시하게 많은 숲. 음침하고 기괴하기까지 했다. 야자수 뒤에 알 수 없는 무언가가 숨어서 나를 지켜보고 있는 게 분명하

다고 느껴졌고, 점점 더 무서웠다. 빨리 인적이 있는 곳에 가고 싶어 뒤도 보지 않고 카페까지 뛰었다. 지붕 위에 '와랑와랑'이라 쓰인 간판이 보였다. 사진에서 보았던 그곳에 무사히 도착했다. 제주 느낌의 돌담 집을 고스란히 살린 멋스러운 카페. 나무로 된 문을 열고 안으로 들어갔다. 하얀 천과 돌 그리고 나무로 된 큰 창문이 나 있고, 그 사이사이로 햇볕과 바람이 기분 좋게 들어왔다. 나무로 된 테이블과 의자, 노란 조명만이 놓여 있어 편안하고 조용했다. 내가 들어갔을 때는 손님이 한 명도 없고 머리를 염색하지 않은 채 있는 그대로 멋스럽게 둔 흰머리 사장님만 있었다. 가볍게 인사하고 창가에 자리를 잡고 카운터로 다가갔다. 아이스아메리카노를 당장이라도 원샷하고 싶었지만, SNS 중독자로서 그럴 수야 있나. 제주도에 와서 처음 먹는 음료인데, 제주다운 허세 사진부터 한 장 올려줘 줘야지 싶어 평소에 잘 먹지도 않는 6천 원짜리 유기농 감귤 스무디를 주문했다. 손님은 나뿐이라 스무디는 총알같이 나와 내 앞에 놓였고, 습관처럼 찰칵찰칵 음료 사진만 50장은 족히 찍었을 거다.

'어휴. 녹는다. 인간아, 적당히 하고 먹어라. 쫌.'

모르긴 몰라도 흰머리 사장님이 속으로 이랬을 것이다. 만족할 만한 사진이 나왔고, 드디어 감귤 스무디를 통통한 빨대로 빨아 당기는 순간.

01 · 제주 뚜벅이

'이게 뭐고!'

　유기농 감귤이 통째로 들어가면 이런 맛을 내다니 처음 알았다. 이제껏 먹어왔던 스무디를 스무디라 불러도 되는가 싶을 만큼 감귤이 살아 있고 상큼하고 달았다. 감귤이 통째로 느껴지는 맛. 이 카페에 대한 주인의 애정을 온전히 느낄 수 있는 순간이었다. 아껴 먹고 싶었지만 세 번 빨아 당겼더니 없다. 글을 쓰려고 수첩을 꺼냈다. 2시간 동안 한 자도 쓰지 못했다. 뭘 써야 할까 생각하는데 시간이 다 갔다. 그래도 좋았다. 글이 쓰고 싶다고 말했지만 실은 뭘 딱히 하고 싶어 떠난 게 아니었다. 아무것도 하기 싫어서 도망치듯 온 제주다. 누구와도 말도 섞기 싫었고, 아무것도 하기 싫었다. 나무늘보처럼 온종일 나무에 가만 매달려만 있고 싶었다. 열려 있는 창문 사이로 꽃향기가 바람을 타고 흘러 들어왔다. 누가 이 멋진 순간을 자연스럽게 카메라로 찍어주면 얼마나 좋을까 싶었지만 혼자 왔으니 직접 해야지 누가 해줘. 다른 손님이 없어 서둘러 저 멀리 카메라를 설치해두고 타이머 켜 놓고 공룡처럼 쿵쿵 뛰어 다시 내 자리에 앉았다. 모자를 쓰고 창밖을 내다보는 자연스러운 포즈를 취해 사진 한 장을 찍었다. 두 장을 찍었고 그렇게 또 몇십 장을 남기고 말았다. 나무늘보는 무슨. 누가 보았으면 사진 찍으러 제주도 온 줄 알 것이다.

이 모지. 할 이야기시 많나. 어렸을 적부터 시금껏 때부시 히앴던 적이 단 한 번도 없었다. 유독 잘 타는 피부였다. 친구들괴 똑같이 학교 운동장에서 술래잡기나 고무줄놀이를 하고 다음 날 학교에 가면 나만 까맣게 탄 빵이 되어 있곤 했다. 억울했다. 예쁜 얼굴도 아닌데 시꺼멓기까지 하니 더 싫었다. 그 징도로 내 피부는 잘 타서 제주도에 가시 벼질 선부터 엄마가 신신낭부했다.

"선그림 수시로 바르고, 매일 1일 1백 하고 자고, 모자는 꼭 쓰고 다녀라. 알겠제?"

심지어 내 발은 타면 답도 없다. 여름에 발이 유독 더럽게 타는 유형이 있는데, 그게 나다. 엄마가 양말도 신으라고 했지만, 말이 되나. 속옷만 입고 다녀도 땀이 콸콸 흐르는 이 뜨거운 여름 날씨에 양말이라니. 이 세 가지만이라도 잘 지키기로 혼자 합의했다. 부지런

히 아침마다 선크림을 발랐고, 걸을 때 모자는 꼭 썼고, 피곤해 미쳐
버릴 것 같은 날도 자기 전 1일 1팩은 잊지 않았다. 이런 내 노고에
도 불구하고 하루가 다르게 나는 까맣게 탄 빵이 되어가고 있었다.
매일 아침 식사시간에 마주치는 사장님의 반응이 자비 없는 제주 태
양에 내가 어제보다 얼마나 더 탔는지 실감 나게 해주었다.

"에? 코가 왜 이래요?!"

이건 오늘은 코가 탔다는 말이고,

"어머! 발이 또 왜 이래?!"

오늘은 발이 디 탔다는 말이었다.

안 지 며칠 되지도 않은 서먹한 사장님도 표정 관리가 안 될 만
큼 날 보고 놀라는데, 엄마가 얼마나 놀라 기겁할지 생각하면 집으
로 돌아가기 무서웠다. 그래서 제주 오기 며칠 전, 창이 넓은 검은색
벙거지를 장만했다. 그런데 이 검정 모자는 사진을 찍으면 감성은
잘 살려주었지만, 제대로 쓰면 앞이 보이지 않았고, 앞이 잘 보인다
싶으면 햇볕을 이마만 가려주었다. 덕분에 코가 타버린 듯하다. 처
음에는 내 모자가 불량인 줄 알았는데 다들 원래 이런 모자가 맞단
다. 도대체 누가 왜 이런 모자를 만든 건지. 그리고 이게 왜 인기 있
는지 아직도 잘 모르겠다. 모자를 제대로 쓰면 앞이 보이지 않는데.

계획했던 대로 별다른 일은 하지 않았다. 점심 대신 찰떡 구이를 추가 주문해 먹고, 쥐똥만큼 글도 쓰고 멍 때리다 나왔다. 와랑와랑에서의 시간은 고요했지만 심심하지 않았다. 나른하지만 지루하지 않았다. 제주 한 달 살이의 기분 좋은 첫 시작이었다.

03
괴물과 싸우는
남자

옆방에 이틀 연속으로 묵는 남자가 왔다고 했다. 궁금했다. 얼굴은 어떻게 생겼을지. 키는 클까? 목소리는 또 어떤 사람일까? 동굴 목소리 이선균 과일까? 아니면 모기 목소리 김종국 과일까? 둘 다 아무럼 좋지 뭐. 제주도에는 왜 혼자 여행을 왔을까? 이 게스트하우스를 택한 걸 보면 나와 취향이 비슷한 사람은 아닐까?

방에서 이 생각 저 생각 하고 누워 있는데 발소리가 들렸다. 다시 한번 더 말하지만 내 방은 방음이 안 된다. 옆방 남자가 방에서 나와 게스트하우스 식당 겸 휴식을 취할 수 있는 공용공간에 걸어 들어갔다. 몇 분이 지나도 발소리가 들리지 않는 걸 보니 거기에 앉아 병맥주라도 한잔 마시면서 소설책을 읽고 있거나 클래식을 들으며 사색에 잠겨 있나 보다. 나도 참 상상도 이리 징그럽고 구체적으로 한다.

　억지스러운 만남을 싫어하는 내게 혹시 또 모를 하늘에서 준 기회인 건 아닌가 싶기도 했고, 여행지에서 남녀가 만나 사랑에 빠져 석 달도 안 되어 결혼하는 경우도 있다고들 하고. 그게 내가 아니란 법도 없고. 일단 얼굴 위에 팩을 올려놓고 생각했다.

'자자, 찬찬히 생각을 좀 해 보자. 내가 저 남자 있는 곳에 가서 말이라도 한마디 붙여 보려면 일단 이 라이언 킹 같은 답 없는 곱슬머리부터 말려주고, 웨이브는 못 넣더라도 고대기로 대충 펴줘야 하고, 몹쓸 생얼 숨기려면 한듯 안 한듯 얼굴 위에 얇게 파운데이션도 덮어주고 좁쌀만한 눈 아이라인 그려주고, 시커먼 입술 색 가리고 생기 있는 앵두 같은 입술 만들려면 립스틱 발라줘야 하고, 이 촌스러운 핑크색 잠옷을 입고 나갈 수는 없으니 꾸민 듯 안 꾸민 듯 꾸민 옷도 꺼내 입어야 하고.'

아니지, 아니다.

'일단 간다 해도 말은 뭐라고 붙여? 여행지에서 남녀가 저음 만날 때는 무슨 이야기부터 꺼내고 어디까지 솔직해야 하려나? 뭘 해 보았어야 알지. 요즘 세상에 이상한 또라이도 천지던데. 저 남자가 범죄자면 어떡하시? 몰래 노상 다닌다고 이 조용한 게스트하우스에 숨어든 거면? 아니, 그것보다 더 중요한 건 딱 보았는데 얼굴이 영 아니면 그때는 어떡해?'

사실 마지막 부분이 가장 큰 걱정이었다. 그때는 이 수고로움을 어떻게 보상할 건가. 씻으러 가기 전에 저 옆방 남자 얼굴을 살짝 좀 봐둘 걸 그랬다. 후회해도 늦었다. 더구나 씻고 침대에 누워있으니 잠이 미친 듯이 쏟아졌다. 관두자 관둬. 내일 아침 먹을 때 만날 텐데 뭐. 저 남자와 내가 인연이라면 밥 먹다가도 한눈에 뿅 가서 운명

적인 만남으로 이어지겠지. 그래 일단 자자.

평소에도 불면증은 없는 편이라 잘 자는데 제주도에서는 거의 눕자마자 눈 뜨면 아침이었던 적이 한두 번이 아니었다.

'누워서 책 좀 읽다 잘까?'

'오늘은 영화 좀 보다 잘까?'

'일기 좀 더 쓰고 잘까?'

하고 침대에 누우면 바로 드르렁드르렁. 이날도 그렇게 곧 기절하듯 깊은 잠에 빠졌다.

"드르렁드르렁 커엉어어엉."

"꺼어억 꺽 꺽."

심장 떨어질 뻔. 듣도 보도 못한 알 수 없는 소리에 놀라 침대에서 벌떡 일어나 잠에서 깼다. 뭐지? 너무 소리가 커 처음에는 내 방에 누가 들어온 줄 알았다. 그만큼 컸고 우렁찼다. 이 소름 끼치는 괴물 같은 소리의 근원지는 아까 그 옆방 남자 코에서 나는 소리였다.

'아니. 이게 미쳤나?!'

같은 방에서 자는 것도 아닌데 어떻게 내 귀에 저 자식 코가 박힌 것 같은 소리가 들릴 수 있는 건지. 살다 살다 얼굴도 모르는 남자 코 고는 소리를 왜 이 밤에 잠을 깨면서까지 듣고 있어야 하는가. 이게 같은 방에서 자는 거랑 뭐가 달라. 거의 뭐 탱크다 탱크.

"쿵! 쿵쿵!"

주먹으로 코를 내려치고 싶은 걸 겨우 참고 주먹으로 몇 번이나 벽을 내리쳤다. 이제 저 자식이 강동원처럼 생겼다고 해도 말도 섞기 싫었다. 좀 조용해지면 자야지 했는데 혼자 뭐 괴물이랑 싸우는 건지 뭘 하는 건지 갈수록 꺼이꺼이 코가 난리도 아니었다. 도대체 코에 무슨 짓을 하면 저런 소리를 낼 수 있는지. 우리 아빠도 한 코골이 하는데 저 옆방에 괴물과 싸우는 남자와 비교하면 아빠의 코골이는 병아리 수준이었다. 살다 살다 내 저런 코골이 놈은 처음 보았다. 코에 탱크라도 달린 건지 뭔지. 제발 잠에서 깨기라도 해라 싶어 주먹으로 힘껏 벽을 더 내리쳤다 벽에 구멍이 뚫릴까 봐 몇 초 걱정했지만 나도 이판사판이다. 그런데 코만 미친 줄 알았는데 귀도 썩은 건지 벽을 아무리 내리쳐도 도무지 일어날 기미가 없었다. 서글프고 짜증나 피가 거꾸로 솟구칠 뻔했다. 나는 왜 이 낯선 곳에 와서 저 얼굴도 본 적 없는 남자의 코에서 나는 탱크 소리를 이 새벽에 잠도 못 자고 무한 듣고 있어야 하는 건지. 오늘 잠은 다 잤다.

결국, 날은 샜고 나는 조식을 먹을 때까지 노트북을 켜 내가 가장 좋아하는 시트콤 〈웬만해선 그들을 막을 수 없다〉를 보았다. 내 방문을 활짝 열어 놓고 눈곱도 떼지 않은 채 침대에 드러누워 다리를 2층 침대 계단에 걸쳐 놓았다. 위협적으로 다리를 달달 떨며 그 자

식이 지나가기만을 기다렸다. 발소리가 들렸다. 옳거니! 그놈이다. 재수 없는 놈. 어제 무너질 듯 벽을 쳐도 세상모르고 자더니 조식 시간은 또 기가 차게 잘도 맞춰 일어났다. 식당으로 들어가는 소리가 들렸다. 라이언 킹 같은 머리는 풀어헤치고 눈곱도 떼지 않고 우리 가족들도 싫어하는 촌스러운 꽃무늬 핑크 잠옷 위에 얇은 가디건 하나만 걸치고 식당으로 걸어갔다.

아주 푹 주무셨는지 얼굴 혈색은 좋았다. 덕분에 내 눈 밑 다크서클은 턱밑까지 내려와 있는데 아주 신이 나서 조식을 먹고 있다.

'어이 저기요. 니가 지금 여행이나 오고 그럴 때가 아니다. 니 코가 미쳤던데 인간아! 당장 병원부터 가 봐라!'

당장이라도 이렇게 소리 지르고 싶었지만 꾹 참았다. 딱 하루만 더 참으면 평생 저 인간을 볼 일은 없을 거다. 하루만 더 참으면 이 시간은 지나갈 거고 내 긴 인생에서 겨우 이틀이다 이틀. 먼지 같은 이틀 때문에 화내고 얼굴 붉히지 말자 싶었다. 실은 조금 더 솔직히 말하자면 게스트하우스 사장님을 한 달이나 보며 지내야 하는데 예민하고 이상한 이미지로 낙인찍히고 싶지 않았다. 그것도 제주도에 온 지 며칠 만에.

04

버스 타고 3시간,
월정리

예전에 혼자 제주도에서 일주일을 보냈던 적이 있다. 그때는 또 무슨 바람이 불어 혼자 제주를 찾았는지 기억이 가물가물하다. 숙소는 월정리에 잡아 일주일 내내 월정리 해변을 지겹도록 본 기억이 있다. 이번 한 달 살이할 집은 서귀포 안쪽에 있는 시골이라 월정리에 가려면 버스 타고 1시간 30분을 달려가야 했지만 그래도 좋았다. 제주도에서 버스 타고 한 달을 여행할 수 있는 건 축복이라 생각했다. 버스 타고 창밖을 보다 보면 모든 곳이 그림 같은 제주라 왕복 3시간이 걸려도 좋았다. 적어도 한 달 살이 7일 차가 되기 전까지는 그랬던 것 같다.

집 앞에서 701번 버스를 탔다. 엉덩이가 배겨 버스에서 뛰어내리고 싶어질 때쯤 그토록 그리웠던 월정리에 도착했다. 버스정류장에서 10분 정도 걸어가다 보니 해변에 도착했다. 여긴 여전히 아름답구나. 소다 맛 아이스크림 '캔디 바' 색깔의 물빛 연한 바다와 구름 한 점 없는 새파란 하늘 덕분에 어디까지가 바다이고 어디까지가 하늘인지 경계조차 알 수 없었다. 언제 와도 황홀한 감동을 주는 곳. 같은 바다라고 해도 서귀포 쪽 바다와 동쪽 바다는 물색이 아주 다르다. 서귀포 바다는 보고 있으면 어딘가 모르게 쓸쓸하고 적막한 느낌이 든다. 혼자 있을 때는 바다가 나를 집어삼킬 것 같은 느낌마저 들고 좀 무겁다면 반대로 월정리가 있는 동쪽 바다는 여름 바다 같은 맑은 느낌. 이온음료 광고에서나 나올 것 같은 온통 투명한 하

늘색 물감을 푼 듯 청량함 그 자체이다. 보고만 있어도 어깨가 들썩거리는, 풋풋하고 지금 막 사랑에 빠진 바다색이라고 할까.

각자가 가진 매력이 다른 제주 바다지만 나는 동쪽 바다를 더 좋아한다. 이 아름다운 바다를 배경으로 인생 사진을 건지고 싶었다. 무거운 삼각대도 챙겨왔건만 바람이 사정없이 뺨을 갈겨댔다. 그 덕에 삼각대는 그대로 쓰러져 운명했다. 사진을 찍어줄 금손님을 눈으로 빠르게 물색하기 시작했다. 저 멀리서 하늘하늘한 파란색 쉬폰 원피스를 입은 가녀린 여자가 혼자 캐리어를 힘들게 끌고 모래 위를 걸어오고 있었다. 보자마자 '이 여자다!' 싶었다. 최대한 상냥한 얼굴로 다가가 말을 걸었다.

"저기요. 죄송한데 저 사진 좀 찍어줄 수 있어요?"

"아, 네. 그럼요."

파란 원피스 여자는 요정 같은 얼굴로 기분 좋게 웃으며 흔쾌히 사진을 찍어주겠다고 했다. 어찌나 친절한지 여기도 올라가 봐라 저기도 올라가 보라며 내 친구도 아닌데 다양한 각도에서 온 힘을 다해 열정적으로 사진을 찍어주었다.

"그럼. 즐거운 여행 되세요."

또다시 상냥하게 웃으며 떠났다. 천사가 아닌가 싶었다. 나도 찍어주겠다고 했지만 파란 원피스는 한사코 거절했다. 지나고 생각해

01 · 제주 뚜벅이

보니 빨리 그 자리를 떠나고 싶었던 게 아닐까. 고마웠다. 신난 마음으로 파란 원피스 여자가 찍어준 사진을 확인했다.

'응? 이게 누구?'

사진 속에 나는 어디 가고 짐승 한 마리가 서 있냐. 파란 원피스 여자는 사진을 찍을 줄 아는 여자였지 사진을 잘 찍을 줄 아는 여자는 아니었다. SNS에 자랑하며 올릴 만한 사진이 한 장도 없었다.

'어떡하지? 또 누구 없나?'

두리번두리번 다시 물색하며 모래 위를 둘러보는데 반갑게도 그 파란 원피스 여자가 아직 근처를 벗어나지 않고 있었다. 머리로는 더는 파란 원피스 여자를 귀찮게 하면 안 된다고, 또 찍어 달라고 하면 사람도 아니라고 하는데, 내 발이 이미 파란 원피스 여자 앞에 가 있었다.

"하하하. 저기 아직 안 가셨네요? 정말 죄송한데 저 모자 쓰고 있는 거랑 모래 위에 앉아 있는 거 한 번만 더 찍어주시면 안 될까요? 하하하, 죄송해요."

파란 원피스 여자 표정은 황당 그 자체였다. 그래도 천사는 천사다. 뭐 이런 게 다 있나 싶었을 텐데 또 몇 장씩이나 찍어주고 황급히 자리를 떠났다. 그렇게 염치와 바꾸고 찍은 사진은 마음에 들었다. 목적을 달성했더니 그제야 갈증이 났다. 마침 근처에 있는 달 비치(Dal Beach) 카페로 들어가 아이스아메리카노 한잔을 주문하고 2층

으로 올라갔다. 온통 통유리로 창을 뚫어 놓고 바다 코앞에 자리 잡고 있어 어디에 앉아도 그림이지만, 바다를 정면에 두고 2인용 소파가 창밖을 향해 있는 명당자리에 운 좋게도 자리 잡았다. 한참을 소파에 앉아 멍 때리고 있는데, 계속 피식피식 웃음이 났다. 내 눈앞에 현실감 없게 펼쳐진 에메랄드빛 바다 하며 이날 이때껏 독립 한번 해 본적 없는 겁쟁이 쫄보가 혼자 제주도에 여행을 한 달씩이나 와 있다니. 이 순간이 신기하고 현실이라는 게 믿기지 않았다.

점심은 월정리에서 대충 해결하고 어두워지기 전에 다시 집으로 돌아가야 해서 버스에 올랐다, 그런데 아니 이게 누구야? 아까 그 파란 원피스나! 무슨 이런 인연이 나 있느지 너무 반가워서 나도 모르게 "어?!" 소리를 지르며 아는 척하고 다가가려 했다. 그런데 파란 원피스는 나와 눈이 마주쳤음에도 불구하고 바로 돌아서 그 뒤로 내 쪽으로는 눈길 한 번 주지 않았다. 굴욕이다. 서운한 마음이 잠시 들었지만, 눈길을 주었으면 아마 "이것도 인연인데 우리 사진 한 장 같이 찍을까요?"라며 눈치 없는 소리를 했겠지. 내가 이렇게 사람을 질리게 한다. 잘 가요. 고마웠어요, 엔젤.

한 시간 반을 달려 게스트하우스로 도착했다. 너무 피곤해 곯아 떨어질 것 같았지만 모래를 뒤집어썼으니 이 더러운 몸으로 깨끗한 침대 위를 올라갈 수는 없었다. 샤워를 대충 해 주고 얼굴 팩까지 해 준 뒤 드디어 침대에 누웠다.

"세상 좋다."

일한 것도 아니고 천천히 여행할 뿐인데 왜 이렇게 들어오면 피곤해 미칠 것 같은 건지 체력이 따라주지 않아 속상했다. 이게 다 버스 때문이라는 생각이 들었다. 차를 타고 다녔으면 이 정도로 체력이 바닥을 칠 리 없다고 생각했고, 내일도 이 더위에 버스 타고 여행할 생각을 하니 눈앞이 캄캄했다. 앞으로는 미래의 남자친구가 내게

장난으로라도 "사랑하는 희정아, 나랑 버스 타고 여행할래?"라고 묻는다면 "응. 그만 헤어지자."라고 답할 거다. 버스는 무슨 버스. 너 혼자 버스 많이 타고 다니면서 세계 여행하소. 30대 이상이 버스 타고 제주 여행을 한 달 동안 한다고 하면 가장 필요한 건 돈이 아니라 단연코 체력이다. 게스트하우스로 돌아와서 뭘 좀 하려고 해도 바로 기절해 잔다. 버스 타고 여유? 그거야 하루 이틀 여행하는 이들에게나 해당하겠지. 제주에서 한 달을 지내면서 낭만과 여유를 느끼려면 렌터카가 필요했다. 그게 아니면 체력이 씨름선수만큼 좋거나. 집에만 오면 기절이다, 글이고 나발이고 이날도 눕자마자 기절해 잠이 들었다.

05

표선해변에서

마산 집에서 다운받아 온 영화 두 편을 해변에 가서 보려고 나왔다. 무거운 노트북에 삼각대까지 들쳐 업고 나와 701번 버스를 타고 근처 표선해변으로 갔다. 버스에서 내려 화목펜션 옆 골목으로 들어가면 표선해변이 금방 나올 거라는데 도대체 물은 어디고, 해변은 어디? 모래사장 끄트머리쯤 물 비슷한 것이 보이는 것 같기도 하고 아닌 것 같기도 한데 언제 저기까지 걸어가나. 내 몸뚱어리도 무거운데 큰 노트북에 삼각대까지 둘러업고 이 땡볕에 인도 위를 걸어갈 생각을 하니 멀리 둘러 가는 것 같고 피부도 단시간에 탈 것 같아 좀 더 빨리 가기 위해 머리를 굴렸다.

'뭐, 발은 좀 더러워지겠지만 모래 위를 가로질러 가자.'

생각 없이 모래를 한 발 한 발 밟으며 걷다 중간쯤 갔을 때 순간 땅 밑으로 발이 꺼지는 줄 알았다! 그대로 심장 내려앉을 뻔. 발을 움직일 때마다 몇 센티미터씩 푹푹 모래 밑으로 꺼졌다. 위에 좋은 길 놔두고 빨리 가보려 하다가 쥐도 새도 모르게 땅 밑으로 사라질 뻔했다. 나중에야 안 사실이지만 이곳은 썰물 때는 원형 백사장을 이루고 있다가 밀물 때는 수심 1미터 내외의 원형 호수처럼 되는 곳이다. 모래를 자세히 들여다보면 물이 들어왔다 빠져 물결 그림이 뱀처럼 징그럽게 그려져 있다. 이걸 미리 알았더라면 멍청하게 꺼지는 모래 위에 덩치가 산만한 내가 올라가 있진 않았겠지. 오도 가도 못 한 채 혼자 식겁하고 있는데 모래 위 한가운데에서 동지를 만났다.

'아저씨 괜찮아요? 많이 놀랐죠?'

모래 위에서 등산복 입은 아저씨와 마주치자마자 기가 차서 웃음이 나왔다. 이 넓은 모래 위에 처음 본 아저씨와 나 둘이 덩그러니 서 발이 박혀 있다니. 아저씨도 나와 똑같은 생각을 하고 왔나 보다. 이 상황이 기막혀 한 발 걷다가 웃고, 한 발 걷다가 또 다시 웃음이 터졌다. 그 덕에 땀은 미친 듯이 흘러 옷과 머리는 이미 물에 들어갔다 나온 사람처럼 홀딱 젖었고 그 몇 분 사이에 피부도 타버렸다. 아저씨는 웃지도 않고 계속 앞만 보고 힘겹게 발을 빼내며 걸어갔다.

그렇지 않아도 짜증 나는 상황에 뒤에 미친 여사 하나가 계속 웃으면서 따라오니 더 짜증 나웠을지도 모른다. 혼자 땅 밑으로 사라지지 않으려면 아저씨를 따라 부지런히 쉬지 않고 걸어나가야 했다. 식겁하다 겨우 빠져나와 땅을 밟고야 다시 둘러서 표선해변으로 걸어갔다. 처음부터 이렇게 갔으면 좋았을걸. 뭐든 겪고 나야 하나를 또 배운다.

땀을 식히고 나서 근처 편의점으로 들어가 천 원짜리 아이스커피랑 천 원짜리 팝콘을 사서 해변 바로 앞 원두막 정자에 짐을 풀었다. 여기가 천국이다. 어렴풋이 영화에서나 본 것 같은 느낌의 해변. 쭉쭉 뻗은 야자수가 많다. 표선은 처음인데 지금껏 느끼지 못한 또 다른 느낌의 제주 해변이다.

민트색의 커플티를 입은 20대 초반으로 보이는 커플이 손을 잡고

해변을 걷고 있었다. 바로 앞 정자에 앉은 어린 남자아이는 뭐가 마음에 안 드는지 입이 튀어나온 채 닭똥 같은 눈물을 뚝뚝 흘리며 소리 없이 울고 있고, 아이의 엄마로 보이는 여자는 "스읍! 안 돼. 안 된다고 했다."라는 말을 반복했다. 이유가 궁금해 음악이 흐르지 않는 이어폰을 귀에 꽂고 그들을 지켜보았다. 눈물의 원인은 옷 여분이 없으니 해변에 발만 담그라는 엄마 말에 수영하고 싶다고 흘리는 서러움이었다. 귀엽다. 주위를 둘러보니 가족 단위가 많았다. 아들딸과 같이 모래 위에서 모래성 쌓기 놀이를 함께 하는 아빠도 보이고, 핑크색 원피스를 입은 여자의 사진을 열심히 찍어주고 있는 핑크색 티셔츠를 입은 남자(아무래도 맞춰 입은 거다)도 있었다. 낡은 회색 티셔츠를 입은 할아버지가 까만 선글라스를 쓰고 맨발로 모래 위를 성큼성큼 걸어가는 남자를 거친 목소리로 부른다.

"이봐, 이봐!"

할아버지가 신경질적으로 뒤돌아보는 남자에게 땅에 떨어진 천 원짜리 지폐 두 장을 가리켰다. 그제야 남자는 주머니에서 지폐가 떨어졌다는 사실을 알고 다가가 지폐를 주워 감사하다는 인사를 하고 맨발로 떠났다. 역시 백화점 구경보다 사람 구경이 백 배 재밌다.

정자에 자리 잡고 보니 약간 추웠지만 아랑곳하지 않고 노트북을 켜 영화 〈리틀 포레스트〉를 재생시켰다. 좋아하는 영화 중 하나다.

나는 느리고 조용하면서도 별 큰일이 일어나지 않고 대사가 많지 않은 영화나 많은 음식이 나오면서 시끄럽지 않고 차분한 음악이 흐르는 영화를 좋아한다. 느리고 조용한 영화를 보고 있으면 딱히 에너지가 소모되지 않으면서 쉽게 위로받는 느낌이라고 할까. 언젠가부터 에너지가 많이 소모되는 영화를 꺼렸다. 예를 들어 슬퍼 죽어 봐라 작정하고 만든 영화나 보는 내내 긴장하고 애달프고 마음을 졸이는 가슴 찢어지는 영화는 거의 보지 않는다. 무서운 영화도 기분이 찝찝하고 기가 다 빠지는 것 같아 보지 않는다.

그런데 〈리틀 포레스트〉는 여자 주인공 혼자 시골에서 온종일 농사짓고 밥 해 먹는 게 다인데 뉴괴 귀기 니 호감해서 롞니, 엉화를 한참 보다가 눈을 조금만 돌려 보면 넓은 표선해변과 야자나무가 눈앞에 펼쳐지는데, 이게 너무 너무 좋았다. 이 '너무'라는 표현이 아닌 딱히 어울리는 신박한 말이 떠오르질 않는다. 너무 좋은데 어떡하라고.

바닷가 간다고 신나서 얇은 원피스 하나 달랑 입고 나왔더니 입이 덜덜 떨리고 훌쩍훌쩍 콧물이 흐르기도 했다. 영화도 한 편 보았겠다, 커피도 한잔 마셔주었으니 이제 슬슬 배에서 밥 달라고 난리다. 근처 밥 먹을 곳이 딱히 없어 어정어정하고 있는데 한 횟집이 보였다.

'점심 특선 메뉴 알밥 7천 원'

알밥 먹으러 들어갔더니 무슨 횟집이 이렇게나 넓고 창밖 경치는 뭐 이렇게나 좋지? 혼자 왔다고 구석 자리를 배정받았지만 그마저도 바다가 보이는 호텔 식당 뷰. 메뉴판은 펴지도 않고 호기롭게 "알밥 한 개요."라고 주문했다. 알밥 하나 시켰을 뿐인데 몇 분 후 반찬이 계속 줄지어 나왔고, 내 앞에 여덟 가지 반찬이 차려졌다. 뭐가 잘못된 줄 알았다. 간단하게 알밥 하나 먹으러 들어갔는데 한상이 차려졌으니 불안했다. 7천 원이 아니라 7만 원이었나 싶고 초조했다. 메뉴판을 펴 보지도 않고 당당하게 알밥을 주문했기에 다시 메

뉴판을 달라고 하기 부끄러웠지만, 나중에 7만 원인 것 알고 그 자리에서 졸도하기 싫어서 아무렇지 않은 척 연기하면서 메뉴판을 다시 달라고 했다. 다행히도 7 뒤에 공이 세 개 있는 걸 확인한 뒤 안심하고 나서야 뜨거운 알밥을 섞었다. 알밥에 알도 꽉 차고 반찬도 하나같이 정갈하고 맛있어 싹싹 남김없이 긁어먹고 나왔다. 꺼지는 모래 위를 걸어오면서부터 진을 다 빼버려 물에 발을 살짝 담근 것으로 충분히 물놀이했다 만족하고 늦지 않게 버스를 타고 게스트하우스로 돌아갔다.

06

제주에서
첫 야경

밤에 씻고 나와 자려고 준비하는데 똑똑 노크 소리가 났다. 놀랐다. 이 밤에 아무도 내 방에 노크할 일이 없어 순간 긴장했는데 게스트 하우스 사장님이었다.

"죄송해요. 혹시 자고 계셨어요?"

"아니요, 이제 자려고 했어요. 괜찮아요. 무슨 일이세요, 사장님?"

"너무 죄송한데 제가 폰을 잃어버려서요. 개 산책시키는 곳에서 좀 전에 잃어버린 것 같은데. 거기가 너무 어두워서 그냥은 못 찾을 것 같고."

이때까지만 해도 같이 찾아달라는 말인 줄 알고 무서웠다. 왜 이 밤에 이 어두운데 나를 몰래 어디로 데려가려고 하나 싶었다.

"정말 죄송한데 같이 가서 전화를 좀 걸어 주시면 제가 전화 소리

듣고 폰을 찾을 수 있을 것 같은데, 좀 같이 가주셔서 전화 좀 걸어주시면 안 될까요? 제가 이런 부탁은 민박집을 하면서 한 번도 해본 적이 없는데, 너무 죄송해요. 별다른 일 없으면 내일 아침에 찾아도 되는데 민박 손님 전화가 제 폰으로 오게 돼 있어서 제가 꼭 오늘 폰이 있어야 하거든요. 정말 미안해요. 어휴 어떡해."

명품배우가 아니고서야 이리 절실하고도 진중하게 예의를 갖춰 연기할 수는 없다고 생각했다. 그래도 혹시 또 모르니까 엄마에게 이 상황을 빨리 문자로 남겼다. 그리고 다녀오면 바로 전화를 걸겠다고, 절대 자지 말고 기다리라고 신신당부 문자도 필히 남겼다. 글을 적다 보니 생각이 든 건데, 엄마는 나와 떨어져 있는 한 달 동안에도 편히 지내지 못했을 것 같기도 하다.

사장님 차를 타고 10여 분쯤 갔을까, 사장님은 여기가 개 산책시키는 곳이라고 서둘러 내렸고, 나는 차에서 기다리며 사장님 폰으로 전화를 걸었다. 세 통쯤 걸었을까? 사장님이 전화를 받으며 "찾았어요!"라고 기쁘게 소리치곤 차로 돌아왔다. 떨고 긴장했던 시간이 무색할 정도로 아주 짧은 시간에 폰을 찾을 수 있었다.

"정말 고맙고, 이 밤에. 어휴. 너무 미안해요."

사장님은 연신 사과하고 또 사과했다.

"아휴. 아니에요. 정말 아무것도 한 게 없는데요. 괜찮아요 정말."

정말이지 난 아무것도 한 게 없었다. 내가 한 게 있다면 사장님을

의심하고 상상했을 뿐. 사장님은 차에서 내려 방으로 들어가는 순간까지도 고맙다고 인사했고, 나는 또 한 번 미안해졌다.

방으로 돌아와 엄마에게 연락하고 일기를 쓰면서 깨달았다. 제주에 온 지 며칠 만에 드디어 야경을 보았고, 제주 별을 처음 보았다는 것을. 더 소름 끼치는 것은 지금 생각해 보면 제주도에서 야경을 본 게 이날이 처음이자 마지막이었다. 대부분은 초저녁부터 잠자리에 들었고, 밖에 나가기는커녕 혼자 청승 떨며 창밖을 내다보는 것조차 하지 않았으니까. 제주에서 야경을 한 번이라도 보고 올 수 있었던 것은 폰을 잃어버린 사장님 덕분이었다.

야경 보여주셔서 감사합니다, 사장님.

07
나도 어른이 된
어른이었다

눈뜨자마자 조식을 소처럼 먹어치우고 세주 시귀포 3대 커피집에 가기 위해 일찍부터 부산을 떨었다. 예전부터 궁금했는데, 3대 커피집, 3대 떡볶이집, 3대 친왕(미남) 이런 길 도대체 누가, 인제, 이렇게 징하는 건지.

호랑이 담배 피우던 학창 시절에 어떤 남학교 아이를 채팅으로 알게 되었는데, 자기가 그 학교의 3대 천왕이라고 소개했다. 통화 목소리도 좋고 3대 천왕이라고 하니 그 말만 믿고 기어이 만나러 기어나갔다. 얼굴도 보기 전부터 설레고 호감이 갔다. 그러다 처음 만나기로 한 날, 얼굴을 보고 말문이 막혔다. 도대체 어느 나라 3대 천왕을 말하는 건지. 어휴 저 얼굴 달고 자기 입으로 3대 천왕이라 말하기 부끄럽지 않은가. 어느 한 군데 예쁜 구석이 없는 애가 3대 천왕표 미소

를 짓고 서 있는데, 여러모로 참 대단한 놈이다 싶었다. 그 후로 3대 어쩌고는 잘 믿지 않지만, 누군가 블로그에 적어 둔 서귀포 3대 커피 맛만큼은 궁금해 버스 타고 제주 시내로 넘어갔다.

첫 번째 집은 오픈 시간이 지났음에도 불구하고 문이 닫혀 있었다. 어디에도 휴무라는 한 글자도 적혀 있지 않았다. 만약 차를 타고 운전해 갔다면 이 정도로 힘 빠지고 허무하지 않았겠지만 티 한 장만 입어도 땀이 줄줄 흐르는 날씨에 버스를 타고 내려 아이스커피만 생각하면서 걸어갔으니 기분 좋을 리 없었다. 재빨리 3대 커피 중 다른 한 곳을 검색했고, 고민도 하지 않고 택시를 잡았다. 다행히 10분도 채 지나지 않아 두 번째 카페에 도착했다. 아이스아메리카노가 마시고 싶었지만 여기만의 시그니처 메뉴가 있다고 해 그것으로 주문했다. 신한 헤이즐넛 라테 같은 맛에 고소하고 적당한 달달함까지 더해져 맛있었지만, 아이스로 주문했으면 더 좋았을 걸 싶었다.

카페가 생각보다 좁고 사람은 붐벼 오래 앉아 있을 수는 없을 것 같아 서둘러 갈 곳을 또 찾아 나서야 했다. 원래 무계획을 즐기고 좋아하는 편이라 생각하며 지금껏 30년을 살아왔는데, 제주에 온 지 기우 일주일 만에 내가 무계획을 별로 좋아하지 않는 사람이란 걸 처음 느꼈다. 매일 저녁, 잠은 쏟아지고 피곤해 죽겠는데 졸음을 버텨가며 한 손으로는 다릴 주무르면서 다른 한 손으로는 휴대전화를 만지고, '내일은 또 어디를 가야 잘 갔다고 소문이 나려나.' 검색해 찾는 게 일

이었다. 이게 여행 막바지에는 질려버렸다. 누가 제발 나 대신 계획 좀 짜주었으면 싶고 나 좀 차로 끌고 다녀 주었으면 좋겠다 싶었다. 수학여행 갔을 때는 "아니 왜 선생님들은 저들 마음대로 계획 짜서 우리더러는 따라만 오라고 하노. 우리도 가고 싶은 곳 우리가 짜서 가면 얼마나 좋겠노."라고 생각하며 백날 학교 욕, 선생님 욕만 했는데 나이가 들면 들수록 뒤늦게 후회 인생에 청개구리 인생이다.

검색하다 보니 근처에 천지연폭포가 있다고 해서 걸어서 가보려고 나왔다. 다행히 천지연폭포까지 가는 길은 어렵지 않았다. 제주는 구글 지도만 있으면 어디에 던져 놓아도 숙소로 무사히 찾아갈 수 있었다. 지도를 봐도 반대로 가는 심각한 길치인데도 여행 내내 유용하게 잘 사용했다.

천지연폭포에 도착했을 때는 땀에 흠뻑 젖어 아무리 나지만 보기 싫은 몰골이 되어 있었다. 아는 사람 없이 혼자 하는 여행은 이런 게 참 다행이다 싶다. 보통 여자는 이해하지 못해도 땀을 많이 흘리는 남자는 이 '땀순이'의 마음을 조금은 이해할 것이다. 제주에서 버스를 종일 타고 다니다 보면 남자 여행객들이 한꺼번에 우르르 버스에 올라탈 때가 있다. 그럴 때마다 땀 냄새 때문에 질식할 뻔했던 적이 한두 번이 아니었다. '어휴 무시라. 무슨 저런 냄새가 다 있나.' 싶은 남자도 있었지만, 나도 심각한 땀순이라 내색하지 않고 덤덤한 체했다. 다만 숨은 쉬지 않았다.

천지연폭포에 도착하자 잊고 지냈던 수학여행 추억 하나가 느닷없이 떠올랐다. 그때도 이렇게 폭포 입구에서부터 가게가 줄지어 있었다. 오징어, 한라봉 주스, 닭꼬치, 핫도그, 아이스크림 등 하나같이 먹음직스러워 보였었다. 그 시절에는 그것들을 보면서 먹고 싶어 환장하고 달려들었는데, 어쩐지 지금은 나와 있는 이 음식들이 비위생적이게 느껴졌다. 땀을 한 바가지 흘린 내가 더 비위생적이었겠지만.

'저것들은 다 언제 만든 걸까? 언제부터, 아니 대체 며칠 전부터 저기 저렇게 나와 있을까?'

이런 생각마이 들 뿐 섣뿌 지갑이 열리지 않았다. 아직 어리고 청춘이다 생각하고 살았는데, 어쩜 생각이 이렇게 달라지고 쪼글쪼글 말라버린 고추처럼 늙었을까. 이 순간 순수함이 없어진 내 모습이 조금 서글프게 느껴지기도 했다.

안으로 들어가는 순간 청자색 빛깔을 내며 효료는 천기연폭포기 눈앞에 펼쳐졌고 상상 이상으로 멋져 만문이 막혔다. 온통 초록이 나를 둘러싸고 눈은 박하사탕을 박은 듯 시원해지고 마음은 정화됐다. 폭포 근처에 서 있는 것만으로 더위가 싹 가셨다. 10년을 넘게 폭포를 볼 일이 없었는데 이렇게 폭포가 멋졌다니. 수학여행 때 보았던 그 천지연폭포가 아니었다.

어릴 때는 나이 든 어른들이 어린 나를 잡고 자신의 인생을 후회하

듯 푸념하는 소리가 듣기 싫었다.

"너희 땐 모르지. 다 나이가 들어봐야 안다."

"아이고 좋을 때다. 좋을 때야. 내가 다시 너희 나이로 돌아가면 열심히 살 건데. 부럽다. 너희 나이가 참으로 곱고 예쁠 때다. 부럽다, 부러워."

이런 이야기를 들을 때면 나는 아닌데. 나는 나이 안 먹어봐도 지금 다 아는데 왜 하나같이 어른들은 꼭 저런 말을 하나 싶었다. 뭐가 예쁠 때라는 건지. 공부도 하기 싫어 죽겠고, 얼굴도 지금이 최고 끝판 왕으로 못생겼고, 사는 것도 힘들어 죽을 것 같은데. 어른이란 존재는 어디 같은 학교에 가서 다 같이 배워 오는 말이 있는 줄 알았다. 천지연폭포에는 가족 단위의 사람도 많고, 외국인도 많고, 수학여행 온 귀여운 어린 학생들도 많고, 투어버스 타고 온 어르신도 많았다. 알록달록 예쁜 옷을 입고 수학여행 온 귀여운 학생들이 폭포를 배경으로 두고 점프를 하며 사진을 찍고 있었다. 보고만 있어도 미소가 새이 나왔다.

"부럽다, 부러워. 돌아가고 싶다. 저 때로."

내 입으로 뱉고도 믿기지 않아 소름이 쫙 끼쳤다. 난 늘 입버릇처럼 "빨리 어른이 되고 싶다, 빨리.", "확 빨리 늙어버렸으면 좋겠다. 나이가 든다는 건 참 멋진 일이잖아.", "난 절대 어릴 때로 돌아가고 싶지 않아. 지금이 제일 좋다. 지금이."라고 말했던 사람이 나였는

데, 어째서 저 시절로 돌아가고 싶다는 말을 했을까 당황스러웠다. 모르고 살았다. 내가 변해가는 것을 인지하지 못하고 처음 어릴 때 느꼈던 생각과 마음 그대로 살고 있다고 믿었다. 분명 나는 매 순간 변해가고 있었는데, 그때의 내가 지금의 나인 줄 착각하며 살아가고 있었는지도 모른다는 생각이 들었다.

어른이란 존재는 같은 학교에 가서 똑같이 배워 오는 말이 있는 게 아니었다. 말 그대로 젊음이 부러웠던 거다. 그 젊음이, 그 풋풋한 에너지가, 지나간 세월이. 어느새 눈 깜짝할 사이 흘러버린 나이가 서글픈 거였고, 세월이 야속한 거였으며, 자신도 모르게 어른이 되어버린 어른들의 솔직한 마음이었던 거다. 갑자기 알 수 없는 우울함이 훅 치고 들어왔다. 입에 콜라 맛 사탕 한 알을 얼른 뜯어 넣었다. 기분이 울적해졌다가 달콤한 콜라 향이 훅 올라와 기분이 좋아졌다가 하기를 반복했다.

02

버킷리스트와
제주도

01
나만의
버킷리스트

버킷리스트라는 단어는 대학교 교양수업에서 난생처음 들었다. 그
날의 충격과 두근거림을 지금도 잊을 수가 없다. 죄송하게도 그 남
자 교수님 존함은 지금 전혀 생각나지 않는다. 얼굴은 또 어떻게 생
겼고, 심지어 어떤 교양수업이었는지까지 당최 기억에서 사라지고
없지만, 그 교수님 덕분에 내 인생이 완전히 달라졌다고 할 수 있다.
그 수업을 듣기 전까지만 해도 나는 한 가지 꿈만으로 사는 평범한
대학생이었다. 주위에서 누군가 꿈이 뭐냐고, 대학 졸업하면 어디
취업하고 싶냐 물었을 때 늘 한결같이 대답했다.

"나는 나탈리 포트만 같은 멋진 배우가 될 거다."

뻔뻔한 내 대답에 다들 하나같이 뜨억 하는 떨떠름한 표정을 지
었다. 말로써 어떠한 심한 말을 내뱉지는 않았지만, 어마어마한 표

정에서 그들이 지금 내게 뭘 말하고 싶은지 다 느껴졌다.

그 교양수업 날, 얼굴도 기억나지 않는 교수님이 수업 중 하얀 A4 용지를 나누어 주셨다. 버킷리스트를 설명하면서, 지금 당장 죽기 전에 하고 싶은 일 목록을 생각나는 대로 다 적어 보라 했다. 대강당에 앉아 있던 학생들의 반응은 다 달랐다. 취업할 생각에 갑갑해 죽겠는데 저게 뭔 소리인가, 이런 걸 시간 아깝게 왜 써야 하느냐고 투덜대는 이들도 보였고, 그러든가 말든가 멍 때리면서 공책에 낙서를 하거나, 옆 사람과 종이에 빙고게임을 하는가 하면, 엎드려 통화하는 이들도 있었고, 나처럼 재미로 적어 보는 사람도 있었다. 시간이 없어 몇 가지 적지도 못한 채 수업을 마쳐야 했다. 나머지는 집에 가서 마저 적으라고 당부하는 교수님의 마지막 말이 귀에 꽂혔다.

"생각만 하는 것과 글로 적는 것은 천지 차이다. 아나? 여기 앉아 있는 너희 중 90퍼센트는 집에 가서 이 종이를 펼쳐 보지도 않을걸. 오늘 가서 자신의 버킷리스트를 꼭 완성해 봐라. 인생이 바뀌는 걸 경험하게 될 거다. 한 명만이라도 이 놀라운 경험을 하긴 바란다. 이상."

'우리 중 90퍼센트는 하지 않을 것'이라는 교수님의 말이 거슬렸다. 저 90퍼센트에 들어가면 패배자가 되는 기분이 들 것만 같았다. 이날도 어김없이 수업을 마치고 다른 학과 친구와 놀다 집에 돌아와 피곤했지만, 패배자가 되기 싫은 마음에 무거운 몸을 억지로 이끌고 책상에 앉아 하얀 종이를 다시 펼쳐 나만의 버킷리스트 목록을 마저

작성했다. 몇 가지만 적당히 쓰다 말 생각이었는데, 시간 가는 줄 모르고 신나게 적어나가다 보니 믿을 수 없게도 새벽이 되었다. 그렇게 나의 100가지가 넘는 버킷리스트가 만들어졌다. 이날 이후 내 취미는 버킷리스트를 작성하고 그것을 보고 실천해 가는 것이 되었고, 이것이 내 삶의 원동력이 되었다. 버킷리스트는 내 삶에 활력을 불어넣어 주었고, 매 순간 나를 단단하게 만들어 주었다. 단 하나의 꿈만 꾸고 살 때는 그 하나가 이루어지기 전까지 내가 아무것도 아닌 존재로 느껴졌다. 세상이 내 뜻대로 되지 않고, 사는 게 아무런 재미도 없다고 여겼으며, 모든 것이 지겨웠다. 사는 게 도대체 뭔지, 나는 언제쯤 꿈을 이뤄 행복해지는 건가, 도대체 이 꿈은 언제 이루어지나? 세상은 불공평하다는 부정적인 생각으로 살았다. 더 무서웠던 것은 설령 죽기 살기로 노력하고 운도 따라줘 그 꿈 하나를 이룬다 해도 계속 행복할 것 같지 않은 불안함이 있었다.

버킷리스트를 작성한 후로 적어도 일주일에 세 번 이상은 종이를 펼쳐 내가 작성한 목록을 읽었다. 신기하게도 읽을 때마다 심장이 신나게 뛰었다. 꿈 목록만 적었을 뿐인데 1등에 당첨된 복권을 쥐고 있는 것 같은 기분이 들었다. 당장이라도 이 모든 꿈 목록을 이룰 수 있을 것만 같았다. 생각만 했을 때보다 글로 적고, 그 글을 눈에 담고 계속해 읽어나가는 것은 어마어마한 힘을 가졌다는 걸 느꼈다.

버킷리스트를 계속 적다 보니 지금은 200가지가 넘었는데, 그중 하나가 '제주도에서 혼자 한 달 살아보기'다. 사실 이걸 적을 때까지만 해도 '내 같은 겁쟁이가 혼자 제주도를 어떻게 가냐. 그것도 한 달씩이나. 게다가 아빠가 퍽이나 혼자 보내주겠다.' 싶었지만 하고 싶은 걸 적는 거니까 일단 기대 없이 적어 두었다.

그런데 적어 두고 보니 막연히 생각만 했을 때는 하지 못할 것 같았던 제주도 한 달 살아보기가 점점 '나도 할 수 있지 않을까? 외국도 아닌데 왜 못 해? 제주도는 말 다 통하잖아? 그래 일단 해 보지 뭐!'로 점점 마음이 바뀌었다. 그렇게 나는 제주도에서 꿈만 같은 한 달을 보냈다. 그리고 삶을 대하는 내 자세 또한 변했다. 제주도도 두려웠던 내가 그 후에는 일본 교토 한 달 살기를 다녀온 것만 봐도 알 수 있지 않은가. 책을 쓰는 것도, 작가가 되는 것도 꿈만 꾸었을 때는 '세상에 책 쓰는 사람 따로 있어. 내 같은 게 글을 쓰고 작가가 된다고? 어휴 미쳤다 미쳤어.' 싶고, 부끄러웠다. 누가 볼까 싶어 버킷리스트에도 '책 쓰고 작가 되기'를 아주 작게, 언제든 지울 수 있도록 볼펜이 아닌 연필로 적어 두었다. 그런데 이걸 지금 하고 있으니 이게 기적이 아니면 뭔가 싶다.

버킷리스트는 내게 기적이다.

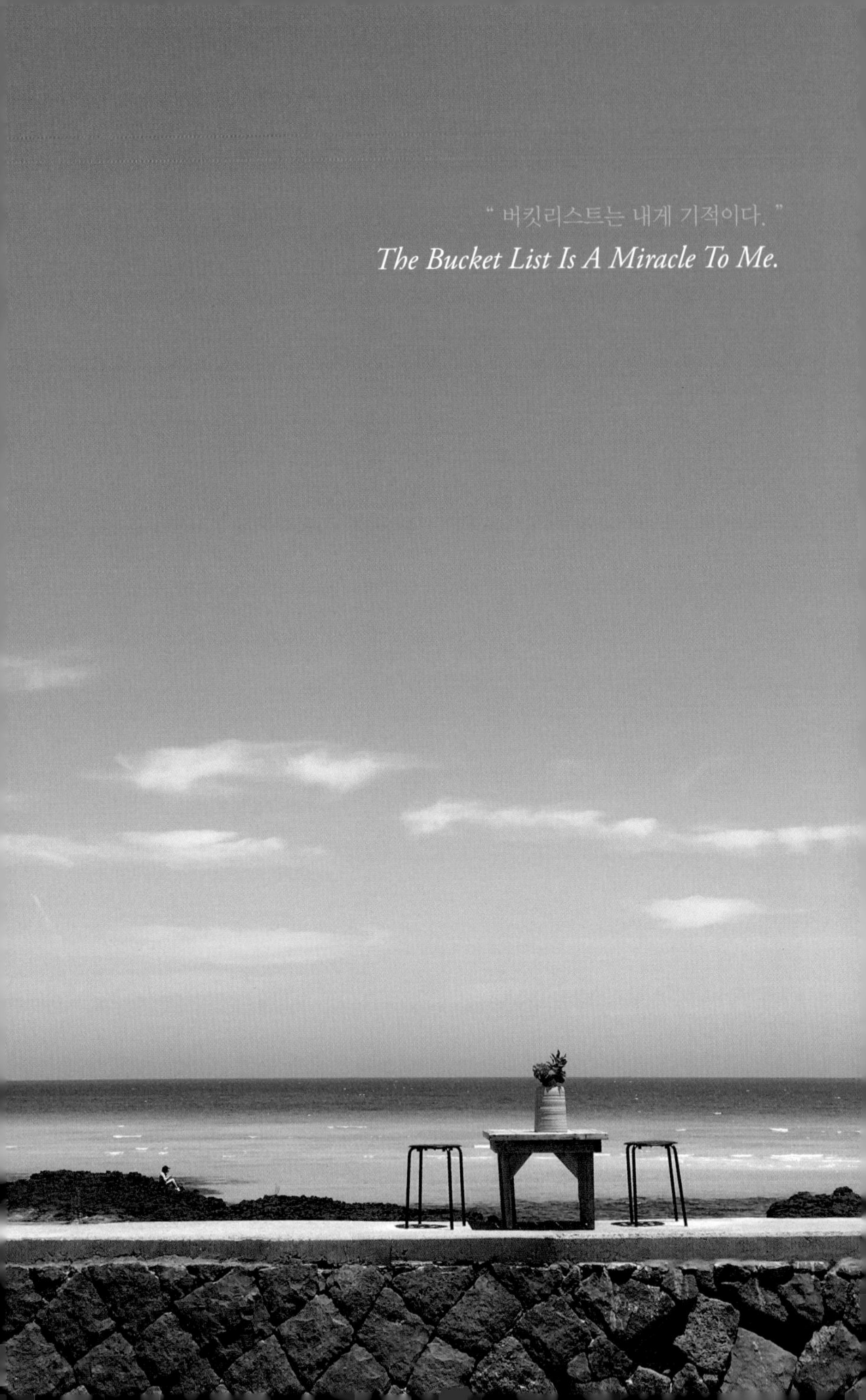
" 버킷리스트는 내게 기적이다. "
The Bucket List Is A Miracle To Me.

02

태양의 후예,
그분을 만나다

밤에 설레서 잠이 오지 않았다. 오늘은 하나뿐인 언니가 제주도에 오는 날이다. 내가 가고 싶다고 노래 불러 제주도에 와 놓고 밤마다 가족들과 통화만 하면 매일 눈물바다였다. 누가 보았으면 제발 제주도 좀 가달라고 등이라도 떠민 줄 알 것이다.

오후 비행기로 오는 거라 언니가 오기 전까지 혼자 가까운 카페에 가서 기다리기로 했다. '카페 샐리', '소년 감성', '모카 다방'이라는 세 개의 이름으로 불리는 특이한 카페(현재 모카 다방으로 부른다). 모 커피 광고에서 배우 김우빈이 촬영해 더 유명해진 곳이라고 하던데. 나는 그런 건 모르겠고, 딱새우 떡볶이가 환장하게 맛있다고 해서 지도 켜고 폭염에 겁도 없이 해안도로를 따라 걷다가 탄 빵이 되어서야 카페 입구에 도착했다. 뭣 하러 매일 열심히 얼굴에 팩을 붙이고 선크림은 두 통이나 비웠는지 모르겠다. 제주 햇볕은 상상을 초월할 만큼 뜨거워 실시간으로 내 몸이 얼마나 타고 있는지 느껴진다.

카페 오픈 시간은 11시.

10시 50분에 카페 앞에 도착했느데 문이 닫혀 있었다. 초조했다. 휴무가 아닌데도 문을 닫는 이상한 카페가 많아 조마조마했다. 불쌍한 뚜벅이 인생이여. 곧 11시 정각이 되자 어디서 나타났는지 잔디 인형 머리를 한 듬직한 남자가 오더니 문을 딸깍 열어주었다. 여기 사장님이었다. 카페 안으로 들어가자 뻥 뚫어 놓은 창문으로 멋

진 해안도로가 바로 앞에 펼쳐졌다. 따로 크게 인테리어에 신경쓴 것 같지 않았지만, 제주 바다가 가까이 보이는 것만으로도 좋았다. 제주에서 바다가 가까이 보이는 카페는 보통 늘 사람이 붐벼 정신없는데, 여기는 어찌 된 건지 한 달 동안 두 번이나 갔지만 두 번 다 조용히 시간을 보낼 수 있었다. 커피가 마시고 싶었지만 메뉴판에 하귤 에이드가 적혀 있는 걸 보았다. 제주도에서만 특별히 먹을 수 있을 것 같아 한 번도 먹어본 적 없는 하귤 에이드 하나, 탄 빵이 되면서 여기까지 걸어온 유일한 이유 9천 원짜리 딱새우 떡볶이도 같이 주문했다. 아침에 조식을 또 소처럼 먹어 치우고 출발한 거라 그리 배가 고프지는 않았지만, 굳이 엉덩이를 두 번 떼 주문을 따로 하기 귀찮았다. 살찌는 사람은 다 이유가 있다.

창밖을 닢 놓고 구경하는 사이에 내 테이블 위로 하귤 에이드와 딱새우 떡볶이가 금방 올라왔다. 로제파스타 소스에 매운 떡볶이 소스가 더해진 먹음직스러운 떡볶이 위에 딱새우 세 마리가 줄줄이 올려 있었다. 여기 제주가 아니면 맛볼 수 없는 딱새우가 들어간 떡볶이. 먼저 딱새우를 뒤집어 보니 먹기 좋게 반으로 갈라져 있었다. 포크로 새우 살을 삭삭 긁어내 떡볶이 위에 올려 한입 먹었더니 이건 또 왜 이렇게나 맛있는지. 배가 고프지 않았는데도 불구하고 특유의 비릿한 맛이 나는 딱새우는 물론이거니와 떡볶이 맛도 훌륭했다.

허겁지겁 딱새우 떡볶이를 먹어치우고 있는데, 소리 없이 검은 물체가 내 테이블로 뛰어 올라왔다. 이 카페에서 키우는 검은색 고양이였다. 하마터면 먹다가 소리 지를 뻔. 나는 동물을 무서워해 별로 좋아하지 않는다. 새끼고양이나 강아지가 귀여운 건 알지만 멀리 떨어져서 '너 참 귀엽구나.' 할 뿐 만지고 싶은 생각은 별로 들지 않는다. 단지 이것도 취향이라고 생각하는데, 간혹 심기 건드리는 말을 내뱉는 친구가 꼭 있다.

"이 귀여운 고양이가 안 귀엽다고? 이렇게 귀여운데 어떻게 그럴 수 있지?"

"동물 좋아하는 사람 중에 나쁜 사람 못 봤다."

첫 번째 말도 기분이 썩 좋지 않지만, 두 번째 말은 특히나 어이가 없다. 도대체 그런 통계는 어디서 나온 거며, 저 말이 틀렸다는 걸 보여줄 만한 사람을 지금 당장이라도 내 주위에만 최소 다섯은 데려올 수 있고, 시간만 더 주면 열 명은 족히 데리고 올 수 있는데. 저 말은 고로 동물을 좋아하는 자기는 착하고 좋은 사람이며, 동물을 좋아하지 않는 나는 나쁜 사람이라는 뜻인가? 동물 좋아하는 사람 중에 변태나 폭력을 쓰거나 살인자도 있고, 동물은 좋아하지 않지만 착하고 선한 사람도 천지다. 단지 취향의 차이일 뿐이다.

이런 내가 제주 게스트하우스에 있는 개 두 마리와 함께 생활하다니. 아직도 믿기지 않는다고 친구들은 말한다. 심지어 작은 강아

지도 아니고 내 기준에서는 제법 큰 대형견이었다. 큰 개 두 마리와 한 달을 함께 동거하며 정말 많은 것이 바뀌었다. 사랑스러웠다. 개가 사랑스럽다니. 개가 사람과 소통한다는 것도 처음 느껴보았다. 심지어 사람보다 낫구나 싶을 때도 있었다. 이건 비밀인데, 개 목소리도 얼핏 들은 것 같다. 사장님이 외출하고 큰 개 두 마리와 앉아있어도 어색하거나 무섭지 않았다. 동물을 무서워하고 조심스러워하는 나를 개들이 알아차리고 배려해 주는 것 같았다. 제주도에서 혼자 한 달 산 것도 내게 큰 도전이었지만, 큰 개들과 한집에 산 것도 내게는 정말 큰일이었다. 이때가 아니었다면 나는 평생 큰 개 근처도 가지 않고 살았을지도 모른다.

다 먹은 딱새우 떡볶이를 한쪽에 치우고 일기를 쓰고 있었다. 곧 언니가 도착할 시간이 다 되어갈 때쯤 카페 안으로 이국적으로 생긴 엄청난 미남이 문을 열고 들어왔다. 쌍꺼풀 있고, 큰 눈에 찔릴 것 같은 높은 코, 진한 눈썹까지. 키도 크고 훤칠해서 누가 봐도 한 번쯤 쳐다볼 것 같은 얼굴을 가진, 제주 와서 처음 본 눈에 띄는 미남이었다. 뭐 저리 잘생겼나 싶어서 하나하나 뚫어져라 보고 있는데, 어디서 본 것 같은 낯익은 얼굴. 어디서 보았지? 한참 생각했다. 그 남자가 주문한 음료를 가지고 카페를 나갈 때쯤 생각이 났다.

'헉! 태양의 후예, 다니엘!'

카페에 앉은 사람들은 이 사람이 연예인인 걸 아는지 모르는지 조용히 각자 할 일을 했고, 나는 조용히 다니엘을 따라 나갔다. 심지어 카페 사장님마저도 모르는 듯했다.

〈태양의 후예〉 다니엘인 건 알았지만 본명을 몰랐다. 그래도 행여 놓칠까 싶어 일단 다니엘을 불렀다.

"저 혹시 태양의 후예? 맞죠? 사진 한 장 같이 찍어주실 수 있으세요?"

'태양의 후예'가 맞냐니. 아무리 급해도 그렇지. 참 부끄럽다, 부끄러워. 그런데 아주 스윗한 미소를 지으며 "네."라고 말하던 다니엘. 〈태양의 후예〉 한 장면처럼 "말해 뭐해~ 말해 뭐해~"노래가 귓가에 흘러나오는 것 같았다. 재빠르게 카메라를 켜 사진이 아니라 동영상을 눌렀다. 혹시나 사진 한 장 찍었는데 내 얼굴이 쓰레기 같거나 사진이 흔들려 다니엘을 다니엘이라 하지 못하는 사태가 일어날 수도 있어서, 영상을 캡처하는 쪽이 나을 것 같다고 그 짧은 순간에 생각했다. 다니엘도 사진이 아닌 영상인 걸 알고는 웃으면서 장난쳐주기까지 했다. 어휴, 잘생긴 사람이 이토록 센스 넘치고 다정하기까지 하다니 사기다, 사기야.

다니엘은 우리나라 사람의 잘생긴 느낌이 아니라 서양인의 잘생긴 느낌이라고 해야 하나. 목소리도 말투도 뭔가 한국어가 아니라 영어를 쓰는 듯 달콤함이 느껴지고 부드러우면서 고급졌다. 우리(?)

가 찍은 그날의 영상도 지금 보면 제주가 아니라 샌프란시스코에서 찍은 영상 같다. 샌프란시스코 근처도 가본 적 없지만 그런 느낌이 난다. 착각은 자유니까. 친구들이 이 영상을 보고 난리가 났다. 제주에 가서 연예인을 보냐며. 그러곤 왜 이 잘생긴 사람을 혼자 다시 돌려보냈느냐고 물었다.

"이것도 인연일 수 있는데 연락처 물어보지."

이게 다 뭔 소리인가 싶어 기겁하고 말해 주었다.

"저기요. 수갑 찰 일 있니? 다니엘 옆에 배부른 와이프가 두 눈 시퍼렇게 뜨고 같이 서 있었는데요."

언니를 만나기로 한 시산이 다 되어 짐을 챙서 카페를 나왔다. 근처 골목길에 핑크색 작은 소품 가게가 보여 잠시 들어가 언니에게 줄 돌고래 마그넷을 하나 사서 들뜬 마음으로 걸어나갔다.

03
여자
기안84

나와 세 살 터울인 언니는 외탁을 해 엄마를 닮은 반면 나는 누가 봐도 아빠 붕어빵이다.

"아이고 관이 딸이네! 코가 딱 아빠네, 아빠야."

시골 진할머니댁에 가면 나를 보는 할머니도 시나가나 내 얼굴만 보면 이럴 정도로 아빠 데칼코마니다. 그런데 나와 언니는 생긴 것뿐만 아니라 서로 날라도 너무 달랐다. 언니는 하얀 바둑, 나는 검은 바둑. 신기하게 목욕탕에서 때를 밀어도 나는 늘 검게 나왔고 언니는 늘 희었다. 언니는 계획적이고, 나는 즉흥적이다. 언니는 음식을 먹을 때도 천천히 하나하나 맛을 음미하며 먹는 편이고, 나는 누가 따라오는 것처럼 빠르게 뭐든 먹어 치운다. 언니는 샤워하지 않고는 못 살 정도로 더러운 것을 싫어하고, 나는 머리 감은 지 나흘째

인지 닷새째인지 가물가물할 때도 많다. 언젠가 제주도에 언니랑 단둘이 여행 온 적이 있었다. 그때 처음 본 사람들과 술을 한잔씩 마셨다. 앞에 앉은 꼴뚜기 사촌처럼 생긴 남자는 우리가 친자매라는 사실에 놀랐고, 내가 동생이라는 말에 기겁했다. 눈이 발가락에 달린 놈.

이렇게 말하면 우리는 어디 하나 맞는 구석이 없을 것 같은데, 신기하게도 맞는 부분은 또 엄청 잘 맞는 하나뿐인 자매다. 밖에서 뭔가 실수한 것 같고 스트레스를 받거나 불안할 때는 항상 언니부터 찾는다. 일단 언니에게 밖에서 있었던 일을 육하원칙으로 다 털어놓는다.

"별일 아니네. 이건 이래서 괜찮고, 저건 저래서 괜찮다."

언니 입에서 납을 받으면 그제야 발을 뻗고 산다. 그게 사실이고 아니고는 중요하지 않았다. 언니가 그렇다고 하면 그런 거다. 언니는 내게 임금님 귀는 당나귀 귀에 나오는 대나무 숲 같은 존재다. 언니는 내게 언니 그 이상인 존재다. 물론 이렇게만 적으면 천상에 둘도 없는 우애 좋은 자매처럼 들리겠지만, 우리는 싸우기도 엄청 싸웠었고, 내남의 자매가 그렇듯 우리도 한번 싸우면 끝장을 보았다. 나이 들면서 서로 측은해지고 이해심이 많아지자 싸우는 횟수가 확실히 줄고 화해 속도도 빨라졌다. 예전에는 얼마나 싸웠는지, 엄마는 우리 둘이 붙어 있기만 해도 언제 또 싸울지 몰라 불안해 둘을 떨어뜨려 놓았을 정도다. 그런 언니가 가족 중에 유일하게 나를 보러 제주도에 왔다.

그런데 언니를 만난 기쁨도 잠시였다.

"어? 뭐고! 언니 머리카락 왜 이래?"

반가운 언니 얼굴을 마주 보는데, 앞에서 본 머리카락 길이가 귀 밑 2센티미터도 안 되어 보였다. 단발도 아닌 것이 제멋대로 들쑥날쑥 쥐가 파먹은 것 같이 이상했다. 게다가 뒤를 돌면 그냥 남자다. 바리캉으로 자기가 제 머리카락 밀어놓은 것 같은 여자 기안84 모습을 하고 제주도에 온 거다. 물론 나는 귀여운 기안84를 좋아하지만, 혼자 머리카락 자르는 경악스러운 행위는 이해할 수 없다. 언니 머리카락을 보자 당혹스럽고 어이없어 화가 났다.

"아니 미용실 어디 가서 잘랐는데? 미친 거 아니가, 그 여자? 여자 머리를 이렇게 만들어 났다는 거가? 언니는 이래 났는데 그냥 나왔나? 어? 책임지라 하지! 따지지."

지금 와서 다시 이날을 생각해 보니 미용실 바리캉 여자보다 내가 언니에게 더 큰 상처를 준 것 같아 눈물이 날 지경이다. 모르긴 몰라도 언니는 그 바리캉 미용실 여자보다 내 머리카락을 다 쥐어 뜯어버리고 싶었을 것 같다.

04

카페인지
마구간인지

매일 혼자 조용히 조식을 먹던 자리에 분신 같은 언니와 함께 앉아 있으니 새롭고 아침 시간이 더 귀하게 느껴졌다. 시간은 분명 똑같이 흐를 텐데, 언니가 제주에 온 후로 1시간이 왜 10분처럼 짧게 느껴지는지. 시간 가는 게 아까웠다. 계획한 대로 언니가 렌트해 둔 차를 타고 월정리로 같이 가기로 했다. 혼자 버스 타고 월정리를 갈 때는 왕복 3시간이나 걸렸는데, 편하게 조수석에 앉아 가니 코앞같이 가깝게 느껴졌다. 제주를 한 달 여행하면서 생각이 크게 바뀐 것 중 하나는 '당장 돌아가면 면허부터 따야겠다.'다. 서른 넘어 면허의 필요성을 처음 느낀 순간이었다. 나는 남이 백날 말해줘도 소용없는 사람이다. 똥인지 된장인지 찍어 먹어봐야 '아. 똥이었구나.' 하는 사람이다.

제주도에서 당근케이크 맛집으로 유명한 구좌상회를 가보고 싶었지만 매번 계획이 틀어져 가지 못했는데, 이번 기회에 언니와 가보기로 했다. 입구부터 제주다움이 가득가득한 고졸한 돌담 집. '구좌상회 작업실'이라고 적힌 나무 간판과 작은 나무의자 두 개가 우리를 반기고 있었다. 옛집을 개조해 제주 외딴 시골 마을에 온 것 같은 착각마저 드는 정겨운 카페였다. 다소 일찍 도착한 덕분인지 사람들이 붐비기 전이라 인기 많은 창가 자리에 앉을 수 있었다. '삐거덕' 소리 나는 나무로 된 창문 사이로 주근깨 가득한 빨간 머리 앤이 노래 부르며 튀어나올 것 같았다.

아이스아메리카노와 당근케이크 한 개를 주문하고 자리에 앉았다. 혹시나 입에 맞지 않으면 어쩌나 싶은 생각도 들었지만, 입안에 들어가자마자 퍼지는 당근과 시나몬 향. 꾸덕꾸덕한 크림치즈가 입안에서 부드럽게 녹아내렸다. 왜 맛집인지 알 것 같았다. 크림치즈에 환장하는 나에게는 더할 나위 없었다. 입에 당근케이크를 머금고 황홀해 하고 있으니 언니는 '또?' 하는 표정으로 팩폭을 날린다.

"야. 니 입에 맛없는 게 있나. 니 입에서 맛없다는 비슷한 말이라도 나오려면 똥 정도는 던져줘야 '언니야, 이거 맛이 좀 이상한데?' 라고 할 걸? 크큭."

언니와 못다 한 대화를 나누다 배가 고파와 우럭 정식을 점심으로 먹고, 카페 한 곳을 더 들리기 위해 몸을 움직였다. 지금 가려는 카페는 차 없이 갈 수 없어 언니가 왔을 때 가려고 벼르고 있었던 카페였다. 그런데 이게 웬걸? 기대에 부풀어 도착한 카페는 카페가 아니라 마구간이었다. SNS 사진과 너무 달라 보이는 허름한 외관에 당황스러웠지만, 그보다도 웃음기가 사라진 언니 표정이 더 무서웠다. '지금 이 더러운 곳에 내 보고 들어가자고?' 하는 어이없어하는 표정. 다시 한번 더 말하지만, 언니는 더러운 것을 질색팔색한다. 그래도 카페에 들어가면 더러운 게 좀 덜 하겠지 싶어 주문하러 들어갔다. 메뉴판도 이건 뭐 컨셉인지 뭔지 몰라도 스케치북을 북 찢어 너덜너덜한 종이에 색연필로 대충 적어 놓고, 인테리어도 평범했다.

어디가 예뻐서 이렇게 인기가 많은 건지 도무지 이해할 수 없었고, 더러운 내가 봐도 구석구석 딱히 청결해 보이지 않았다.

그래도 왔으니 사진이라도 예쁘게 건지면 사람은 나쁜 기억도 좋은 기억으로 바꾸는 능력이 있지 않나. 당근주스를 주문해 놓고 언니의 기분을 업 되게 해 주기 위해 사진이 잘 나올 만한 곳으로 데려갔다. 나뭇가지에 천 쪼가리가 달려 있는 곳에 여자들이 우르르 사진을 찍고 있었다. 언니에게도 서 보라고, 천을 살짝 잡으면서 포즈를 취해 보라며 말했는데 언니가 학을 뗀다. 저 더러운 걸 지금 나보고 만지라는 거냐고 난리였다.

결국 화장실만 다녀와서 저녁을 먹으러 가자고 했다. 그런데 화장실을 다녀온 언니는 정 다 떨어진 얼굴로 서둘러 짐을 싸 카페를 나갔다. 더러워 죽는 줄 알았다고. 언니의 표현이 너무 웃겨 나도 화장실을 따라가 보았다. 제주도에서 예쁘게 꾸며 놓은 카페 중 더 말도 안 되는 더러운 화장실이 많아서 이 정도는 내게 애교 수준이었다. 말도 안 되게 더러워서 엉덩이를 대는 건 가히 상상도 하지 못하고, 냄새가 화생방 훈련 수준인 곳도 있다. 숨 쉬는 순간 어질어질하고 입에 담지 못할 욕이 나도 모르게 술술 나오는 곳. 정말 제주 카페 화장실은 거의 다 끔찍했다.

언니가 끝내 샤워를 먼저 해야겠다고 해서 게스트하우스에 들렀다가 저녁을 먹으러 집 근처 흑돼지 집으로 갔다.

05
마늘
금지령

고깃집에 들어가자마자 흑돼지 3인분을 주문했다. 그긴 흑돼지가 너무 먹고 싶었지만 혼자 먹으러 갔다가는 되려 내가 흑돼지처럼 보일까 봐 언니가 제주도에 올 때까지 꾹 참고 있었다. 이름 모를 특이한 반찬도 몇 가지 있었으나 관심 없어 손도 대지 않고 흑돼지만 공격했다. 살은 육즙이 꽉 차 씹을 때마다 즙이 입안을 꽉 채웠고, 쫄깃쫄깃 입에서 춤을 추었다. 깻잎 위에 흑돼지를 두 점 올리고 통마늘, 쌈장, 구운 콩나물, 구운 김치까지 올려 한입 가득 먹으니 맛이 끝내주었다. 언니는 굽기 바쁘고, 나는 먹기 바빴다. 제주도는 마늘도 정말 맛있어서 흑돼지와 통마늘을 같이 먹으면 다른 반찬이 따로 필요 없었다.

나는 고기를 먹으러 가면 고기 수만큼 마늘을 먹어치우는 사람이다. 먹어도 먹어도 고기와 마늘 조합은 질리지 않는다. 좀 심하게 마늘을 좋아해서 집에서 예전에 마늘 금지령을 내린 적이 있다. 다같이 고기 먹을 때 유일하게 나만 마늘을 먹지 못하게 했다. 많이 먹는 게 문제가 아니라 마늘을 먹고 나면 이상하게 말도 안 되는 방귀를 미친 듯이 뀌어 집에서 금지령을 내린 거다. 그런데 이게 가족 중 나만 마늘을 먹었다 하면 마늘 썩은 내가 나는 방귀를 뀌었다. 웃자고 하는 얘기가 아니다. 가족들은 진심으로 정색하고 마늘방귀 때문에 화를 냈다. 나중에는 나도 심각성을 느끼고 지식인에 '마늘방귀'를 검색해 본 적이 있었는데, 다행히도 병은 아니란다. 나 같은 사람이 많아서 위안이 되었다.

마늘 먹은 날에는 방문을 열었다 하면 언니가 고함을 꽥 지르며
"미쳤나, 진짜! 니 몸에 마늘이 박힌 거 아니가! 질식해 죽는다. 죽어. 창문 좀 열라고!"라고 진심으로 화를 냈다. 나는 그 모습이 또 웃겨서 자지러졌다. 그러면 엄마가 조용히 내 곁으로 와서 진심으로 안타까운 표정을 짓는다.
"왜 그러노. 니 진짜 더럽게. 고기 먹을 때 마늘 먹지 말라니까."
엄마의 그 진지하고 안타까운 표정이 또 너무 재미있었다. 나도 참 못 말리는 돼지다.

먹지 말라는데 그걸 못 참고 지금까지 마늘과 이별하지 못했다. 결국, 가족들이 택한 방법은 고기 먹은 날, 즉 마늘 먹은 날은 아무도 내 곁으로 오지 않는 거였다. 나는 그걸 또 혼자 독방 차지한다고 좋아라 했다. 눈치껏 조용히 방으로 혼자 들어가서 마늘방귀를 실컷 뀌며 잔다. 마늘방귀에 대한 책을 한 권 쓰라고 해도 쓸 스토리가 넘쳐나는데, 이거 뭐 더러워서 누가 사서 읽겠냐만.

흑돼지를 가볍게 해치우고 근처 큰 마트에서 장을 봐 게스트하우스로 돌아갔다. 게스트하우스 식당에 앉아 주전부리를 먹으며 언니와 늦게까지 수다를 떨었다. 다음날이면 언니가 집으로 돌아가고 다시 혼자 남는다 생각하니 불안하고 우울해지기 시작했다.

06

생애 첫
스노클링

언니가 집으로 돌아가는 날이다.

"공항 가기 이제 1시간 남았다."

"50분 남았다."

"30분 남았다."

그때마다 언니는 다음날 회사 가야 하는 마음에 우울해 했고, 나는 언니 없이 또 혼자 남겨져야 한다는 생각에 우울해 졌다. 눈이 마주칠 때마다 내가 눈물을 흘려서 언니가 당황했다. 이럴 거면 왜 혼자 왔느냐고 나무라다, 2주 후에 언니가 한 번 더 보러 올 테니까 그때까지 울지 말고 즐기면서 잘 버티고 있으라고 다독였다. 고개는 끄덕였으나 눈물이 멈추지 않았다. 주책이었다. 정말.

"넌 복이다. 복. 남들은 한 달 여행을 하고 싶어도 못하고 사는데 지금 이 순간을 즐겨라. 알겠제?"

언니는 덩치만 산만한 서른 넘은 동생 우는 것만 달래주다 무거운 발걸음을 옮겨 공항으로 떠났다. 또 혼자가 되었다는 생각에 눈이 퉁퉁 부을 정도로 울다 지쳐 잠이 들었다. 가지가지 한다. 과거의 부끄러운 나야.

다음날 아침 일찍 기분을 전환하기 위해 물놀이 장비를 챙겨 생애 첫 스노클링을 하러 나갔다. 장비라고 한들 위협적이게 큰 물안경 하나와 입에 무는 스노클이 다였지만. 스노클링이라고 하면 피부

가 무섭게 탈 것 같아 위에는 스트라이프 긴팔 티를 입고 밑에는 반바지에 토시를 다리 두 쪽에 끼워 주었다. 스노클링 장소는 두 곳을 봐두었는데, 생애 첫 스노클링이라 조용하고 잔잔한 바다를 먼저 도전하자 싶어 버스 타고 세화해변으로 이동했다. 세화해변은 전에도 서너 번 정도 온 적이 있는데, 이날은 특히나 눈이 부시도록 황홀한 푸른 바다가 모래사장을 수놓고 있었다. 물색은 세 가지로 나뉘어 그라데이션을 띠고 있었다. 제일 앞줄은 사파이어색, 중간은 소다색에 가까운 하늘색으로, 제일 끝은 옥빛에 가까웠다. 혼자 보기 아까울 정도로 눈이 멀 것 같은 아름다운 바다색이었다.

세화해변에 온 여자들은 모두 너도나도 풀 메이크업을 하고 하늘하늘한 시폰 원피스를 입고 있었다. 예쁜 바다 앞에서 고개를 요래도 돌려 보고, 저래도 돌려 보면서 저마다 사랑스러운 포즈를 취하는 와중에 나만 축구선수 같은 복장을 하고 온 것 같았다. 거기다 얼굴에는 웬 왕방울만 한 물안경을 뒤집어쓰고, 입에는 스노클을 물고 바위 위에 서 있었으니 얼마나 가관이었을까. 이러니 동물원 원숭이 보듯 다들 쳐다보지.

'저게 도대체 뭔가? 혼자 물질하러 가나?'

그러든가 말든가. 스노클링을 50번은 해 본 사람처럼 아무렇지 않은 척 준비운동을 아주 가볍게 해 주고 물에 들어갈 준비를 마쳤다.

빨리 물 안으로 입수하려고 물에 발을 넣는 순간

"엄마!"

그 자리에서 굳고 말았다. 6월 초라 물놀이하는 사람은 한 명 있을까 말까 했으나 날씨가 이리 더우니 물도 당연히 따뜻할 줄 알았다. 웬걸. 얼음장이다. 얼음장이야. 골이 띵할 정도로 차가운 얼음물에 몸을 집어넣고 내가 지금 뭐 하나 싶었다. 아침에 친구들과 문자를 하면서 오늘은 또 어디를 가느냐는 물음에 허세 재벌인 나는 "어. 오늘은 뭐 그냥 가볍게 집 근처 바닷가 가서 스노클링이나 하다 오려고."라고 뱉어둔 상태. 친구들은 세상에서 내가 제일 멋있고 부럽다고 난리였다. 그러니 이제 추운 것쯤은 감수해서라도 스노클링은 해야 했다. 그 증거로 물고기와 찍은 멋스러운 사진도 SNS에 올려야 한다고 생각했다.

머리를 다시 바닷물에 집어넣자마자 1초 만에 또 기어 나왔다. 이번에도 머리가 두 개로 쪼개지는 줄 알았다. 심지어 물고기는 도대체 어디에 있니? 눈 씻고 찾아봐도 멸치 새끼 한 마리도 보이지 않았다. 그렇다. 생각이 짧은 나는 제주 바다 아무 곳이나 들어가면 오색빛깔 물고기를 천지로 만나는 줄 알았던 거다. 나중에 사람들한테 세화해변에서 스노클링 했다고 말하면 다들 "스노클링을 세화해변에서 했다는 말은 처음 듣는데. 아, 거기서도 스노클링을 하나 봐요?"

라고 물었다. 내가 거짓말이라도 한 것처럼 민망했다. 물에 들어가기 전까지는 대형 물고기나 고래라도 만나면 어쩌나 걱정했는데. 세상 제일 쓸데없는 걱정이었다. 고래는 무슨. 피라미 새끼 한 마리도 만나지 못했다. 입에 무는 스노클도 이날 살면서 처음 해 보았는데, 이건 또 뭐가 잘못된 건지 물에 들어가서 숨만 쉬었다 하면 소금물이 꼬르륵 입에 미친 듯이 빨려 들어와 소금물로 배가 터질 뻔했다. 하여튼 난 늘 입이 문제다. 입이라도 나불 거리지 말걸. 나는 뭐든 포기가 빠른 편이라 이대로 끝내기 전혀 아쉽지는 않았지만 뱉어놓은 말도 있으니 눈 감고 딱 한 번 더 입수했지만 바로 실패. 머리는 쪼개지려 하고 입술이 파르르 떨려 바로 물 밖으로 기어 나왔다.

스노클링은 실패했지만 뭘 하긴 한 건지 물 밖으로 나온 후부터 피곤이 심하게 몰려왔다. 게스트하우스로 빨리 돌아가고 싶은 생각뿐이었다. 그런데 생각하지 못한 불행이 남아 있을 줄이야.

"아 맞다! 옷! 옷 어디서 갈아입지?"

갈아입을 옷은 챙겨 왔지만 갈아입을 곳은 생각도 하지 못했다. 한심했다. 바위 위에 쫄딱 젖은 채로 정신 놓고 몇 분을 멍하니 서 있었다. 그러다 퍼뜩 다시 정신을 차려 사람들이 보지 않을 때 옷을 훌러덩 벗고 원피스로 갈아입기 시작했다. 아빠가 알면 기절할 텐데. 사랑하는 아빠 미안. 나부터 좀 살고 보자. 누가 보든 말든 최대

한 신속하고 빠르게 갈아입고 보니 2차 불행 시작. 이번에는 속옷이 문제였다. 나도 여자라고 바위 위에서 속옷까지 갈아입을 용기는 차마 없었다. 이 짓까지 했으면 그대로 발가벗겨 집에서 쫓겨났지. 시간 좀 지나면 햇볕에 마르겠거니 하고 속옷은 젖은 채로 내버려두었다. 일단 이 사람 많은 곳을 벗어나야겠다 싶어 바다를 빠져나왔다. 점점 목도 마르고 카페로 들어가서 좀 앉아 쉬고 싶었다. 카페 들어갈 몰골은 되나 싶어 카메라를 켜서 얼굴을 확인했다.

'어머. 누구세요?'

사연 많아 보이는 여자 하나가 서 있었다.

부끄러움은 국 끓여 먹고 세화해변 바로 앞에 자리 잡고 있는, 카페공작소라고 적힌 아기자기한 카페로 들어갔다. 카페라고 말하지 않으면 모를 것 같다. 카페와는 거리가 먼 작은 시골 마을에 있는, 전교생이 10명도 안 되는 시골 분교 느낌. 테이블도 어릴 때 사용했던 학교 책상 같은 느낌이고, 의자 색도 알록달록 초등학교 느낌으로 귀엽게 꾸며져 있었다. 물놀이하고 산적 꼴로 왔으니 튀지 않는 게 상책이라 메뉴판은 볼 것도 없이 아이스아메리카노로 주문하고 자리 잡아 앉았다. 창밖으로 세화해변이 보였다. 아이스커피를 벌컥벌컥 마시고 에어컨 바람을 맞으며 사람 구경하고 바다도 바라보며 쉬고 있는 게 스노클링보다 열 배는 더 좋았다. 반대쪽 자리에는

어린 커플이 앉아 다음에는 어디를 갈지 계획을 잡고 있었고, 조금 먼 테이블에는 똑같은 스타일의 긴 머리 여자 친구 넷이 한껏 꾸민 옷을 입고 수다를 떨고 있었다. 나도 여기서 쭉 몇 시간 앉아 쉬고 싶은데, 내 인생은 낭만이랄게 눈곱만큼도 없으려나 보다. 경악스럽게도 시간이 갈수록 원피스에서 가슴 부분에 물이 줄줄 새 브래지어 모양 그대로 카키색 원피스가 축축한 블랙으로 변해가고 있었던 거다. 게다가 엉덩이는 오줌 싼 마냥 물이 줄줄 새 엉덩이 모양 그대로 물이 흘러나오고 있었다.

'하아. 미친다. 미쳐.'

물에 흠뻑 젖은 속옷을 짜지도 않고 입고 있었으니 새 옷이 무슨 소용이랴. 이 상서롭지 못한 일을 전혀 생각하지 못한 내 잘못이다. 의자에서 일어나기가 민망했다. 안 그래도 들어올 때부터 머리도 물에 젖은 미역 꼴이라 따가운 시선을 받았는데, 이제는 온몸에서 물이 줄줄 흐르니. 그것도 징그럽게 속옷 모양으로 물이 흐르다니. 이게 홀딱 벗고 있는 것과 뭐가 다른가. 서둘러 나가야 하는 게 맞는데 그것도 물놀이라고 온몸이 두드려 맞은 것처럼 몸이 아파왔다. 바다에서 한 수영은 처음이라 몸에 힘이 들어간 건지 꼼짝할 힘이 없었다. 버스 타는 곳까지는 어찌어찌 걸어간다고 쳐도, 이 꼴로 버스는 어떻게 타며, 또 게스트하우스까지 어떻게 가나 생각하니 아찔했다.

혼자 처량하고, 혼자 수치스럽고. 허탈해 멍하니 창밖을 보는데 해변을 배경으로 가족들로 보이는 사람들이 화사하게 웃고 떠들며 사진 찍고 있었다.

'우리 아빠 엄마 보고 싶다. 이제 집에 가고 싶다.'

만약 지금도 내가 제주도가 아닌 마산에 있었다면 당장 엄마에게 전화해서, "엄마, 나 물놀이했더니 꼼짝할 힘이 없다. 오또케? 나 태우러 와 주면 안 되어용?" 하고 애교 섞인 목소리에 평소 쓰지 않는 존댓말로 부탁하면 분명 달려와 나를 당장이라도 실어갈 텐데. 아마 밥도 먹지 못한 채 물놀이를 했다고 핀잔을 주며, 김밥이나 빵을 사서 집에 가는 길에 차에서 먹으라고 해 주었을 건데.

서른한 살이 되도록 이러고 살았다, 나는.

제주도에 와서 마주친 낯선 내 모습을 보면서 매 순간 실망했다. 고작 이런 어른밖에 안 된 내 모습이 한심하고 작고 초라해 보였고 가족들에게 너무도 미안했다. 아니, 눈물이 날 것 같은 이 순간에도 웃은 마를 생각이 없고 점점 더 가슴과 엉덩이가 도드라졌다. 카페에는 사람들이 더 많이 들어오기 시작했다. 이대로 있을 수는 없어 서둘러 카페를 도망치듯 나왔다. 힘이 없어서 집에 가기 전 입에 뭘 좀 넣어야겠다 싶었다. 마침 버스정류장 반대편에 사람이 한 명도 없는 작은 라면집이 보였다. 얼른 들어가 3천 원짜리 기본 라면

을 주문했다. 10분도 안 되어 나온 라면을 5분 만에 먹어 치웠고, 빨리 일어나 버스 타러 갔다. 면은 한 가닥도 남기지 않았으나 국물은 한 입밖에 먹지 않았다. 난 국물을 남긴 적이 없는데. 이상하게 입맛이 없었다. 버스를 어찌어찌 타고 겨우 내려 게스트하우스로 돌아갔다. 쓰러질 것 같은 몸으로 샤워를 대충 마치고 바다에 입고 들어간 옷과 진절머리 나는 바닷물 떨어지는 속옷까지 손빨래 했더니 체력이 바닥나버렸다.

그대로 초저녁부터 깊은 잠이 들었다.

07
몸살
앓는 중

아침에 눈을 떴더니 코끼리기 밤새 몸을 밟고 지나간 줄 알았다. 온
몸이 천근만근. 스노클링 두 번만 했다간 짐 챙겨 마산 갈 뻔. 몸이
내 마음대로 움직여주지 않으니 서러웠다. 이날 이후로 물놀이를 하
면 내 사람이 아니다 다짐했지만 늘 그렇듯 뭐든 쉽게 잘 잊어버려,
며칠 뒤 또 이마이미한 곳으로 스노클링을 다시 하러 가고 만다. 온
몸이 부서질 것처럼 아팠다. 이 몸으로 나가면 돌아올 때는 기어서
올 것 같아 게스트하우스 사장님에게 아침에 미리 말하고 방에서 쉬
기로 했다.

　어디 가야 할지 머리 싸맬 필요 없고, 땡볕에 걸으면서 땀 흘리지
않아도 되고, 그덕에 샤워도 안 해도 되고, 무엇보다 1시간씩 버스
타지 않아 좋았다.

방에 에어컨 빵빵하게 켜두고 게으름 피우며 누워 밀린 책도 읽고 늘어져 있는 이 하루가 천국 같았다. 조식 먹고 책 좀 읽다 다시 늘어지게 자다 일어났더니 오후 1시. 씻기도 싫고 등에는 곰 한 마

리가 올라타 있는 것 같아 정신을 차리지 못하고 다시 침대에 누웠더니 눈을 떴을 때는 오후 2시가 넘어가고 있었다. 더이상 제주도에서 보내는 귀하디 귀한 이 시간을 잠만 자다 보낼 수는 없어 타이레놀 한 알 먹어주고 몸을 일으켜 게스트하우스 식당으로 갔다. 늘 반갑게 맞이해 주는 코지와 섭지도 더운 날씨에 맥을 못 추고 축 늘어져 자고 있었다. 그러다 문득 샤워하고 옷과 속옷을 빨기만 했지 그대로 화장실에 두고 나온 것이 생각났다. 어휴 이 정신머리. 누가 훔쳐 갔을까 봐 놀라서 화장실로 뛰어갔더니 옷도 속옷도 사라지고 없다! 혹시 내가 빙에다 넣어두고 잤는데 기억하지 못하나 싶었으나 방에도 없다. 설마, 에이 설마. 마당에 나가 보았다.

'너희가 왜 거기 있니?'

떠억 하니 내 옷가지들과 다 해져 가는 속옷이 빨랫줄에 반듯하게 널려 있었다. 어젯밤 화장실에 빨아 두고 잠든 나 대신 사장님이 널어두신 거다. 왜 사노 인간아. 왜. 정말이지 사장님 볼 낯이 없었다. 내 속옷까지 널게 하다니. 엄마라고 불러야 할 판이다. 제주 엄마.

'이젠 하다 하다 네 속옷까지 널어 줘야 하니?'

싫었을 거다. 언니는 이 이야기를 내게 전화로 전해 듣고 놀렸다.

"닌 제주도에서 돌아올 때 사장님한테 돈 더 드리고 온나. 50만 원으로 니 에어컨비도 안 나오겠다야."

와중에 배가 미친 듯이 고파왔다. 예약해 둔 저녁시간이 7시라 아직 두 시간은 더 기다려야 했다. 절망적이다. 책을 읽어도 점점 눈에 들어오지 않았고, 심지어 머리도 어지럽고 난리도 아니었다. 기다리는 시간 동안 내 안의 자아와 몇 번을 싸웠는지 모른다.

"사장님, 죄송하고 면목 없지만 저녁 두 시간만 앞당겨 해 주면 안 되나요. 제발 플리즈."

기다리는 동안 아사하지 않을까 걱정했지만 당연히 그런 일은 일어나지 않았다. 아무튼 지옥 같은 시간은 흐르고 오지 않을 것만 같던 시각이 되었다. 너무 기다린 티 내지 않으려고 2분을 넘겨 방을 나와 식당으로 걸어갔다. 오늘 저녁 메뉴는 카레였다. 카레라고 해서 나는 당근, 양파, 감자가 큼지막하게 들어가는 누구나 다 아는 일반적인 카레가 기다리고 있을 줄 알았는데 웬걸. 죽같이 걸쭉한 카레 위에 달걀노른자 하나가 탱글탱글하니 가운데 올려져 있고, 그 옆에 튀긴 마늘 플레이크, 적색초 생강 절임과 파가 한쪽에 올망졸망 모여 있었다. 반찬으로 된장국에 배추김치, 양배추 샐러드, 고추장아찌가 같이 나왔다. 모양도 모양이지만 냄새까지 환상적이라 코가 난리 났다. 빨리 입에 넣으라고. 달걀노른자를 터뜨려 카레 한입 먹고 또 감탄. 먹어본 그 어떤 카레보다 부드러웠다. 사장님은 이런 나를 보며 웃었고, 이렇게 잘 먹는 손님은 처음이라고 칭찬 일색이었다. 반찬

도, 카레밥도, 마늘 플레이크도 한 톨도 남김없이 해치우고, 사장님에게 제발 꼭 언젠가는 식당도 같이 하라고, 이 맛있는 음식을 나만 먹을 수는 없다며 나불나불 주접을 떨고 보니 기분 탓일까.

'응. 되었고. 네 속옷이나 네가 널어라, 제발.'

환청이 들리는 듯했다. 그러고 보니 낯 가리기 선수인 내가 이제 게스트하우스에서 사장님과 한 공간에 둘만 있어도 불편하지 않았다.

03

안녕,
육지사람

01
사자가 살고
뱀이 살아도 갑니다

비행기 표는 편도로 예매했다. 한 달을 살겠다고 호기롭게 맘은 뱁 었지만, 언제 또 마음이 변해 울면서 집으로 가고 싶을지 모르기 때 문에 적응 기간이 지나고서야 집으로 돌아가는 비행기를 예매했다. 솔직히 말하면 한 달을, 그것도 꼭 제주도일 필요는 없었다. 누구나 한 번쯤 꿈꾸듯이 나도 해외에서 한 달씩 여행하면서 살아보고 싶었 다. 한 달은커녕 일주일도 혼자 해외를 나가본 적 없는 쫄보라 한국 말이 통하는 섬 제주도부터 용기 내어 살아보기로 했던 거다. 해외 를 가는 것도 아니라 여권이나 비자도 필요 없고, 유심이나 와이파 이도 필요 없고, 언어 공부도 따로 할 필요 없이 한 달 살 집만 구하 면 되기 때문에 어렵고 복잡한 부분은 다 사라졌다고 생각했다. 단 하나, 숙소를 정하는 것 빼고는 말이다.

한 달 살이 할 게스트하우스를 택할 때 내가 가장 중요하게 생각한 부분은 가격이었다. 무조건 70만 원을 넘기지 말자고 생각했다. 그 외 집주인은 꼭 여자여야 하고, 단기로 묵는 것이 아니기에 불편한 도미토리가 아닌 무조건 1인실이어야 한다. 더러운 곳은 안 되며, 그렇다고 안전이 보장되지 않은 새로 지은 곳도 안 된다. 여기서 가능하다면 바다가 코딱지만큼이라도 보이는 집이었으면 했고, 동네는 조용하지만 사람 사는 동네며, 절대 밤에 맥주 파티를 하지 않는 곳이기를 바랐다. 지금 생각하면 이 얼마나 말이 안 되는 조항인지. 제주도에서 1인실에 바다 보이는 집이 한 달에 70만 원이라니. 바다 앞에 텐트나 치고 한 달 살면 모를까. 노트북을 켜면 매일 새로운 게스트하우스를 검색하고 전화해서 알아보았지만, 이런 말도 안 되는 조항을 가진 방을 찾기란 하늘의 별 따기였다. 바다가 저 멀리 눈곱만큼이라도 보이면 백만 원을 훌쩍 넘어갔다. 그럴 만한 돈도 없고 돈이 있어도 잠만 자는 방에 그리 큰돈을 쓰고 싶지 않았다. 며칠 만에 '바다가 보이는 집' 찾기에서 '바다가 보이지 않는 집' 찾기로 바꾸었다. 그런데 그마저도 좀 깨끗한 1인실은 조식 불포함에 80만 원 또는 90만 원대를 넘어갔다. 잠만 잘 건데 바다가 보이지 않는 집도 뭐가 이렇게 비싼지. 이럴 거면 해외로 가는 게 낫지 않나.

찾고 또 찾다 보니 동쪽에서 서귀포까지 내려왔다. 검색에 검색을 거듭한 끝에 듣도 보도 못한 작고 조용한 시골 마을에 여자 사장

님이 운영하는 게스트하우스가 있었다. 큰 개 두 마리를 키우고 있다고 했다. 개를 좋아하고 개와 함께 지낼 수 있어야 한다고 적혀 있으니 나와는 상관없는 집이구나 싶었다. 나는 개를 무서워해서 길을 가다가 개가 보이면 멀리멀리 둘러 가는 사람이지 않은가. 단지 서귀포 쪽 시골 게스트하우스의 가격은 어떨지 궁금해 기대 없이 전화를 걸었다.

"여보세요. 뭣 좀 여쭤보려고 하는데, 혹시 게스트하우스 1인실도 있나요?"

"네, 있어요. 언제 얼마나 머무시려고요?"

"5월부터 6월까지 한 달 지내려고 하는데, 한 달 1인실 가격이 어떤지도 알 수 있을까요?"

"한 달 하시면 50만 원에 예약할 수 있고 조식 신청하면 별도로 10만 원 더 내시면 돼요."

50만 원이라니.

지금까지 수없이 많은 전화를 걸었지만 50만 원을 들은 건 처음이었다. 게다가 다른 곳은 조식 불포함에 백만 원이 넘어갔는데, 조식을 신청해도 10만 원 더해져 60만 원. 통화했던 그 어디도 이보다 더 저렴한 가격을 부른 곳은 없었다. 서귀포는 생각도 하지 않았으나 그거야 지금부터 생각하면 되고, 가격을 듣고 나서부터 눈이 반

짝반짝해져 이것저것 메모해 가며 굳이 묻지 않아도 되는 것까지 묻기 시작했다.

"저기 사장님, 개가 있다던데, 혹시 개들은 사람 문 적 없나요? 하하하, 제가 개를 좀 무서워해서요."

"문 일은 없긴 한데, 개를 너무 무서워하시면 저희 개들이 커 지내기 불편하지 않을까요?"

그냥 오지 말란 소리다.

"그렇죠. 혹시 게스트하우스는 운영하신 지 얼마나 되었어요?"

"5년 정도 되었는데."

이만 건 왜 묻니 정신 나간 여자야?

"아, 그렇구나. 혹시 집 주위에 사람은 사나요? 워낙 조용하다고 되어 있어서 너무 무서울까 봐요."

"예? 아. 그럼 사람 살죠. 네. 사람 사는 마을이에요 마을. 하하하."

"그럼 혹시 운영하는 동안 아무 일 없나요? 뭐 도둑이 든다거니 불이 났다거니. 히히히."

이제 아주 심문 중이다.

이때부터 이미 사장님에게 나는 이상한 인간으로 낙인찍혔을지도 모르겠다.

"네 뭐. 제가 운영하는 동안은 그런 적은 없었는데. 불 사용을 못하게 돼 있거든요."

"아, 좋네요. 혹시 월정리는 숙소에서 버스 타고 가면 얼마나 걸려요?"

"월정리요? 월정리는 너무 먼데. 버스로는 한 시간 반 넘게 걸릴 텐데."

오지 마소.

"그렇구나. 공항에서 버스로 어떻게 타고 가면 되나요?"

"버스요? 버스는 두 번을 갈아타고 와야 하는데."

이래도 오니, 이래도?

"아, 그렇구나. 혹시 쉬고 싶은 날은 안 나가도 되나요?"

"네. 뭐 미리 말씀해 주시면 그 날 청소를 안 하면 되니까."

이런저런 쓸데없는 질문까지 마치고 생각해 보겠다며 전화를 끊었다. 생각해 보겠다고 했으나 가격을 듣자마자 마음속으로는 이미 이곳으로 확정 지었던 것 같다. 목소리만 들었으면서도 사장님이 과하게 친절하지 않아 괜찮았다. 또 계획에 없던 큰 개 두 마리가 있기는 해도 개들이 사람을 물지 않았다고 하고 50만 원이라는데, 내가 개들을 특별히 화나게만 하지 않으면 되지 않겠나 싶었다. 5년 동안 운영해 왔고 그동안 아무 일이 없었다는 것도 안전성이 보장되고, 마을에 사람이 너무 없어도 무서운데 사람 사는 마을이라 하고, 서귀포 갈 생각은 없어도 서귀포에서 살아보는 것도 나쁘지 않을 것

같았다. 바다? 바다는 매일 보러 나가면 되지. 그리고 괜히 집에서 바다가 보이면 더 나가지 않게 되고 지내는 동안 부지런하지 못하게 될 수도 있지. 다시 연락해 한 달 예약을 하겠다고 하고 입금까지 마쳤을 때 언니가 나를 한심하듯 보며 말했다.

"야! 니는 딴 거 다 필요도 없었네 뭐. 바다 안 보이고 개가 득실거리고, 니가 제일 좋아하는 월정리도 한 시간 반이나 걸리는데 뭐하러 힘들게 찾았냐? 고마 50만 원이기만 하면 되는 거였네, 뭐."

하하하 사실 맞다. 40만 원짜리 집이 있었으면 사자가 살고 뱀이 산다 해도 또 그 집으로 기어들어 갔겠지.

02
이 나라 유학은
포기할게요

버스를 타고 성산 일출봉으로 이동하는데, 문득 버스 전광판에 "광치기해변"이라는 글이 눈에 뜨였다. 광치기해변을 어디서 들어본 기억은 있지만 굳이 찾아가봐야겠다는 생각은 해 본 적 없었는데, 이렇게 말곤 또 가 볼 일 없을 것 같아 성산 일출봉 가는 김에 잠시 내려 들렀다 가기로 했다. 버스에서 내려 해변 쪽으로 걸어가는데, 도대체 어디서부터 구경해야 하는지 몰랐다. 뭘 알아야 사진이라도 찍고 갈 텐데, 더워서인지 실망스럽기 짝이 없었다. 광치기해변을 벗어나고 안 사실이지만, 여기는 펄펄 끓는 용암이 바다와 만나 빠르게 굳어지며 형성된 지질구조가 특징인 곳이란다. 그래서인지 광치기해변을 좀 자세히 보려고 가까이 가면 바닥에 구멍이 크게 뚫려 있어 소름 끼치게 징그러워 빨리 이곳을 벗어나고만 싶었다. 바닥에 있는 모든 돌 크기는 제각각 구멍이 숭숭 뚫려 공포증이 심한 사람은 보도 못 할 정도였다. 보면 볼수록 징그러운 게 꼭 내 코 모공 같기도 하고.

그래도 인증사진은 남겨야 하니 모래에 삼각대를 꽂고 이리저리 낑낑거리고 있었다. 그 모습이 불쌍했는지 아주머니 두 분이 내 사진을 찍어주겠다고 서 보라고 성화였다. 감사하기는 하지만 보통 이럴 때는 남자들이 도와주지 않나? 좋은 부적이라도 사야 하는 건지. 참 뭐 없다. 책이나 영화에서 보면 여행지에서 젊은 남녀가 잘만 만나던데. 내 신랑은 도대체 어디서 뭐 한다고 코빼기도 비추지 않는 건지.

'저기요. 대한민국에 살고 있긴 한 거니?'

아주머니 두 분은 시간이 넘쳐나는지 가까이서 몇 장을 찍어주시
더니 멀리서도 찍어주겠다며 또 몇 장을 더 찍어주셨다. 그만하셔도
된다고 말해도 위에서 내리꽂아 또 한 장을 찍고, 이제 제발 부탁인
데 그만하셔도 된다고 말하며 걸어 나오는데 그 모습까지 한 장 더
찍어주셨다. 참 열정이 대단하셨던 웃음 많은 아주머니들. "복 받으
실 거예요."라는 말을 하고 그 자리를 벗어났다.

다시 버스 타고 성산 일출봉으로 가려고 걸어나가는 길에 멀리서
한라봉 파는 할머니가 보여 그쪽으로 방향을 틀었다. 뽀글뽀글 파마
머리 위에 빨간 선캡 모자를 쓰고, 감귤색 조끼에 빨간 앞치마를 입
고, 빨간 물방울무늬가 들어간 핑크색 양말을 신고 있는 귀여운 스
타일의 힐머니가 앉아 있었다. 빨긴색 비구니 속에는 예쁘고 탐스러
운 한라봉이 바구니 딩 여섯 개씩 들이 있었다. 여섯 개는 좀 많고
두세 개 정도면 오늘 안에 다 먹을 수 있을 것 같았다. 방에 냉장고
가 있는 게 아니라 남으면 벌레 생기고 처치 곤란이라서 살까 말까
고민한다고 서 있었는데, "두 개 2천 원에 가져가."라고 시크하게 말
씀하시는 게 아닌가. 두 번 고민할 것도 없이 지갑을 꺼내 계산하려
고 5천 원짜리를 할머니에게 주었다. 돈을 받고 할머니는 주머니를
뒤지더니 잔돈이 없다고 했고, 나는 다시 지갑에서 천 원짜리 지폐

두 장을 꺼내 한라봉 두 개를 2천 원에 살 수 있었다. 하얀 봉지에 든 새콤한 한라봉을 먹을 생각에 신나서 봉지를 들고 쫄래쫄래 버스 정류장으로 걸어갔다. 하지만 기쁨도 잠시. 뭔가 찝찝하고 똥 누고 뒤 안 닦고 나온 기분이 들었다. 뭐지?

'아! 좀 전에 할머니한테 5천 원 다시 거슬러 받았나? 왜 기억이 안 나노?'

아무리 생각해도 찝찝했나. 정류장에 도착해서 지갑을 꺼내 열어 보는데 만 원짜리 한 장과 5천 원짜리 두 장, 천 원짜리 두 장이 남아 있었다.

'어?! 집에서 나올 때는 분명 5천 원이 세 장 있었던 것 같은데. 아닌가. 아, 헷갈려 미치겠네.'

조금 전 상황을 다시 머릿속으로 몇 번을 재연해 봐도 5천 원짜리를 다시 할머니에게서 돌려받은 기억이 없었다. 심지어 지갑에 정말 5천 원짜리가 세 장이었는지 아니면 5천 원짜리는 본래부터 두 장 있었는지 기억하려고 하면 할수록 내 머릿속에 지우개였다. 답답해 미쳐버릴 것 같았다. 겨우 5천 원인데, 이딴 작은 일에 집착하고 찝찝해 하는 내가 싫어 제발 그냥 버스가 빨리 왔으면 했다. 뭐 하나 일이 술술 풀리는 게 없다. 이제 아무 일도 안 생기면 그게 더 무서울 지경이었다. 버스는 올 생각도 하지 않고 머리로는 가면 안 된다

는 걸 알지만 내 발은 이미 한라봉 할머니에게로 향하고 있었다. 기어코 물어보러 갔다. 물어봐야만 오늘 밤 발을 뻗고 잘 것 같았다. 더 죄송하게도 할머니는 걸어오는 나를 보더니 한라봉을 또 사러 오는 줄 알고 환하게 웃고 있었고, 웃는 할머니의 얼굴에 기어이 찬물을 끼얹고 말았다.

"저기 할머니, 다른 게 아니라 제가 아까 5천 원 드린 거 할머니께서 다시 저한테 돌려주었나요? 기억이 전혀 안 나서. 하하⋯⋯."

공포영화처럼 할머니는 활짝 웃고 있다가 갑자기 표정이 싹 돌변하더니 내가 못 알아듣는 제주 방언으로 다다다 쏘아붙이며 화를 냈다.

"니가 아까 한 손에 전화기와 돈 들고!"

어쩌고저쩌고.

"젊은 애가 정신이 오락가락⋯⋯ 내 나이가 칠십이 넘는데 정신 말짱하다⋯⋯"

아무래도 이 나라 유학은 포기해야겠다. 제주 할머니가 흥분해 화내면서 쏘아붙이는 제주 방언은 도저히 내가 알아들을 수 있는 종류의 언어가 아니었다. 반 토막도 알아듣지 못하겠다. 분이 풀리지 않는 듯 보이는 할머니에게 눈물 콧물 쏙 빼가며 연신 고개 숙여 사과하고 나서야 아까 그 버스정류장으로 돌아갈 수 있었다. 그래도 이렇게 확인하고 나니 속이 또 후련했다. 고작 5천 원으로 이 난리

인데 50만 원이었으면 식음을 전폐하고 앓아누웠을 위인이 나다.

이 난리를 치고 광치기해변에서 두 정거장을 더 가 성산 일출봉 앞에 도착했다. 아래에서 보는 성산 일출봉만으로도 장관이었다. 이 말은 고로 올라가 보지는 않았다는 말. 여름에, 그것도 그늘 하나 없는 땡볕에 저기를 걸어 올라갔다간 녹아내릴 것 같아 성산 일출봉 바로 앞에 있는 스타벅스로 당장 피신했다. 에어컨이 얼어 죽을 만큼 빵빵했다. 어김없이 아이스아메리카노를 주문해 2층으로 바로 올라갔다.

성산 일출봉을 올랐던 적이 있는 친구는 올라가면 더 장관이라고 꼭 가보라고 했으나 눈도 깜짝하지 않았다. 스타벅스 2층 큰 창문에서 보는 성산 일출봉도 충분히 웅장했다. 커피가 없어질 때까지 한참을 앉아 글도 쓰고 창밖 구경도 하다 보니 사둔 한라봉이 그제야 생각났다. 5천 원 때문에 배고픈 것도 잊고 있었나 보다. 한 개를 까서 한 알을 입에 넣자마자 바로 후회했다.

'아까 그 빨간색 바구니에 든 한라봉 다 살걸.'

욕도 같이 먹어서 그런가? 지금껏 먹어본 한라봉 중 제일 달고 새콤하니 아주 맛있었다. 앉은 자리에서 두 개를 순식간에 해치웠다. 이렇게 맛있는 줄 알았으면 더 많이 사 올 걸 싶었다. 아마 그 한라봉 할머니가 들었으면 뜨거운 물 끼얹을 소리겠지만 말이다. 들어올 때까지만 해도 더워 죽겠더니 몇 시간 만에 추워 얼어 죽을 것 같았

다. 늦은 점심 겸 저녁을 어디서 먹지 생각하면서 스타벅스를 나왔는데 열 발자국도 안 되는 곳에 맥도날드가 보여 들어갔다. 게스트하우스 있는 곳은 시골이라 그 흔한 맥도날드나 롯데리아도 근처에 없었던 터라 햄버거가 반가웠다. 보라는 성산 일출봉은 안보고 스타벅스랑 맥도날드에 가다니. 누가 들으면 분명 경을 칠 것이다.

맥도날드에서 늘 습관처럼 먹는 상하이버거 세트를 주문했다. 갓 나온 감자튀김부터 입에 넣었다. 역시 뜨거울 때 바로 먹는 감자튀김이 열 배는 더 맛있다. 감자튀김하니까 생각나는 게, 어릴 때 친구들과 햄버거를 먹으러 가면 친구들은 꼭 감자튀김을 한군데 부어서 같이 먹자고 했다. 지금도 이게 이해되지 않는다. 햄버거는 1인 1햄버거인데 같이 나온 감자튀김은 공동으로 함께 먹어야 한다니. 그래서 감자튀김을 집어 먹을 땐 눈치 보였다. 나는 감자튀김 먼저 먹고 햄버거를 나중에 먹는 편인데, 이게 뭔가 같이 먹으면 쪼잔해 보인다고 할까. 내 햄버거는 킵 해두고 공동으로 먹는 감자튀김을 먼저 공략하는 음식 욕심 많아 보이는 먹보같이 느껴졌다. 이런 기분이 싫어서 어릴 때는 눈치 보며 햄버거 먼저 먹고 감자튀김을 조금 먹은 적도 많았다. 눈치 안 보고 실컷 감자튀김과 햄버거를 먹어치웠더니 이제는 잠도 쏟아졌다. 어두워지기 전에 다시 700번 버스를 타고 맨 앞자리에 앉아 게스트하우스로 돌아갔다. 씻고 게스트하우스 식당에 앉아 차를 타 마시며 노트북을 켰다. 늠름하게 양옆에 앉

아있는 코지와 섭지의 등을 긁어주며, 글을 마저 적으며 하루를 마무리했다.

제주에 온 지도 20일이 다 되어간다.

03
올레시장
꽁치김밥

서귀포 올레시장에 꽁치김밥이란 것이 유명하다는데, 평소에도 김밥 귀신인 내가 그냥 지나칠 리가. 당장에 그 꽁치김밥을 먹기 위해 버스를 타고 올레시장에서 내리니 바깥은 찜통이었다. 시원한 곳에 가서 얼음 듬뿍 들어간 아이스커피나 원샷하고 싶었다. 꽁치김밥을 먹기 전에 조그만 과자점에서 아이스커피를 한잔 들이키고 더위를 식혀준 뒤 다시 일어나 올레시장으로 부지런히 걸어갔다. 올레시장을 이날 이후로 제주 사람보다 더 자주 갔던 것 같다.

"오늘은 어디 갔다 왔어요?"
게스트하우스 사장님이 물어보면
"오늘 올레시장요."
며칠 뒤 또 사장님이 반갑게
"오늘 또 어디 다녀왔어요?"
하면
"오늘도 올레시장요."
대답했다.

'이 인간은 올레시장에 숨겨둔 남자라도 있나?' 생각했을지도 모른다. 평소에 마트나 시장 구경하는 걸 좋아하는 나에게 올레시장은 없는 것 빼고 다 있는 천국 같은 곳이었다. 잘생긴 남자는 보고만 있

어도 황홀한 것처럼 마트나 시장은 구경만으로도 행복하고 재밌는 곳이다. 황금향, 레드향, 천혜향, 향이란 향은 다 있는 과일 가게에서부터 시작해 제주도에서 유명한 모닥치기(여러 종류의 음식이 한 접시에 나오는 것)를 파는 분식집, 신선한 감귤을 그 자리에서 바로 갈아주는 주스 가게, 제주도 오면 절대 빼먹어선 안 되는 오메기떡 가게, 거기다 항상 줄이 길게 늘어서 있는 제일 인기가 많은 흑돼지 꼬치 가게까지. 시장 입구에 발을 들여놓자마자 펼쳐지는 음식의 향연에 자칫 정신줄을 놓을 뻔했지만, 꽁치김밥이라는 처음의 목표를 달성하기 위해 우선 횟집을 찾아 들어갔다.

"꽁치김밥 한 줄이요."

횟집을 들어서자마자 이렇게 말하면 은박지에 싼 꽁치김밥을 노란색 봉투에 넣어 준다. 횟집에서 회를 먹는 사람들만 꽁치김밥을 앉아서 먹을 수 있다고 해서 바로 포장해 나왔다. 꽁치김밥 한 줄에 4천 원이면 가격도 나쁘지 않은 것 같다. 올레시장에는 앉아서 쉬기도 하고 음식도 먹을 수 있는 자리가 많아, 그중 아무 데나 자리 잡고 앉았다.

은박지를 여는 순간 꽁치 눈이 내 눈과 딱 마주쳤다. 꽁치김밥은 말 그대로 꽁치 한 마리가 머리부터 꼬리까지 통째로 들어 있는 김밥이다. 정작 나는 사진으로 보고 갔던지라 비주얼을 보고 놀랍지 않은데, 지나가는 사람들이 놀라서 쳐다보고 수군수군하며 다들 입을 쩍 벌렸다. 꽁치김밥은 꽁치가 김과 밥에 이불처럼 둘둘 말려

있어 보자마자 군침이 도는 모양새는 아니었다. 입에 꽁치김밥을 한 입 물자마자 웃음이 터졌다. 맛있다. 아니 뭐 들어갔다고 이건 또 이렇게나 맛있는지. 이제 뭐 내가 맛있다고 하는 말은 아무도 믿지 않겠지만. 원래 생선을 싫어하는 편이 아니라 더 맛있게 느껴졌을 수 있는데, 생각하던 맛과 달랐다. 꽁치 한 마리가 다 들어가서 너무 비릴 것으로 생각했는데, 참치김밥 맛에 가까우면서 고소한 생선 맛이 느껴지고 불향이 조금 나서 별미였다. 맛있어서 숨도 쉬지 않고 먹다 보니 꽁치김밥 꼬리와 대가리만 남아 아쉬웠다. 뭐부터 먹어줄까 고민하는데, 뒤에 지나가는 외국인들이 가던 발걸음을 멈추고 다시 돌아와 쳐다보고 사진 찍고 경악하고, 놀란 입도 뗐다. 외국인들이 더 놀라 자빠지라고 입을 쩍 벌려 꽁치 대가리부터 한입에 넣어 우걱우걱 씹었는데 '웩!' SNS에 누군가 꽁치 대가리는 먹지 말고 버리라고 올려놨던데, 먹지 말라는 데는 다 이유가 있었네. 비려도 너무 비렸고, 씹어 먹으면 먹을수록 쓴맛이 입안을 채웠다.

꽁치김밥 한 줄로는 허기가 가지 않아 줄이 긴 흑돼지꼬치 집으로 가 흑돼지꼬치 5천 원짜리 한 개를 주문했다. 소스는 약간 매운맛, 그냥 매운맛 두 가지가 있었다. 순한 맛이 따로 없으니까 약간 매운맛이 순한 맛이겠거니 생각해 좀 매콤하게 먹고 싶어 매운맛을 주문했다. 한 입 베어무는 순간 지옥문이 열렸다. 매운 떡볶이로 유

명한 엽기떡볶이는 순한 맛 수준이다. 매운 음식 좋아하고 환장하는데, 혀가 녹아 없어지는 줄 알았다. 오버가 아니라 매운 것으로 눈물 흘리거나 지는 걸 싫어하는 세상에서 제일 쓸데없는 맵부심이 있는 사람이 나다. 그런데 이건 해도 너무했다. 소스가 아니라 용암이다, 용암. 참고 몇 입 먹는데 혀가 마비될 뻔. 얼굴은 땀범벅 되고, 코밑에도 땀이 한 그득. 난리도 아니었다. 너무 매워 흑돼지 맛은 하나도 느끼지 못했다. 지금 고무를 씹는 건지 돼지를 씹는 건지, 성이 나서 반도 먹지 못하고 휴지통에 버렸다. 꼬치 하나에 혼이 쏙 나갔다.

올레시장에서 넋 놓고 앉아 있다 보니 몇 시쯤 되었는지 휴대폰 시계를 보았는데, 아직 1시. 게스트하우스에 들어가려면 4시는 넘어야 들어갈 수 있는데, 땀 한 바가지 흘렸더니 아무것도 하기 싫고 방에 에어컨이나 빵빵하게 켜 놓고 눕고 싶은 생각뿐이었다.

'참네, 또 어디를 더 가야 하나.'

실은 어디를 가는지 보다 이 더운 날에 어디로 가야 돈이 안 들지가 고민이었다. 웬만하면 하루에 2만원 이상은 쓰지 말자고 다짐했는데 벌써 2만 원 가까이 써버렸다. 여행 와서 구질구질하게 이래야 하나 싶기도 했지만, 난 지금 무직 상태로 제주도에 여행을 와 있으니 즐기되 최대한 아껴야 했다.

04

인생커피
도렐

나는 아침에 눈 뜨지미지 입에 밀 넣어야 정신이 깨어나는 사람이라 제주도에서 매일 아침 8시 30분이면 꼬박꼬박 내 밥이 차려져 올라와 있는 게 그렇게 좋을 수가 없었다. 조식은 식빵에 과일 몇 조각, 요거트, 샐러드, 달걀, 햄, 직접 만든 잼, 치즈, 차가 나온다. 그중 달걀은 어떤 날은 스크램블, 어떤 날은 프라이, 또 어떤 날은 삶은 달걀, 이렇게 돌아가며 지겹지 않도록 해 주었고, 차도 돌아가며 매일 다른 종류로 내려주었다. 그런데 이날은 한 달 내내 빵으로만 먹기 지겨울 것 같다며 게스트하우스 사장님이 유부초밥을 준비했다고 했다. 세상에나! 내가 유부초밥 귀신인 건 또 어떻게 아시고.

조식 시간마다 흘러나오는 영화 〈안경〉의 OST를 들으며, 창밖으로 보이는 사랑스러운 제주 돌담길과 감귤밭을 보며 차려져 있는 빵

을 먹는 것도 낭만적이고 행복한데, 무려 밥이라니. 행복이 배가 되었다. 이렇게 한 달을 꼬박 하루도 빼먹지 않고 조식을 먹었는데, 지겹기는커녕 이상하게 현실로 돌아와서도 제주 한 달 살이를 생각하면 이 조식시간이 그렇게 그립고 생각났다. 제주 한 달 살이가 다시 그리워질 때면 〈안경〉을 찾아 볼 정도다.

이날은 맛있는 커피가 고픈 날이라 제주도에 있다는 인생커피를 영접하기 위해 이동했다. '도렐'. 제주도라고 하지 않으면 모를 것 같은 도시적인 외관이 서울 느낌에 가까운 곳이다. 화이트와 블랙톤의 깔끔한 인테리어로 내부가 꾸며져 있었는데, 전체적으로 힙한 느낌의 카페라 그런지 젊은 사람들이 무척 많았다. 거기다 커피 만드는 공간이 오픈되어 있어 한층 더 세련되고 넓게 느껴졌다. 2층 어딘가 자리를 겨우 잡아 놓고 이 집 시그니처 메뉴이자 인생커피라고 명성이 자자한 너티클라우드를 주문했다. 스머프 반바지만한 작은 사이즈 컵에 나와 마음만 먹으면 한입에 원샷을 할 수 있는 크기지만 그럴 수 있나. 무려 6천 원이나 주고 산 커피다. 오래오래 앉아 글도 쓰다 나가려면 천천히 한 모금 한 모금 음미하며 마셔야 했다. 색깔만 보면 전체적으로 진한 라테 색에 가까웠다. 인생커피라곤 했지만 큰 기대는 하지 않았고, 맛있다고 한들 달달한 커피 중 하나겠지 하고 한입 쭉 들이켰다.

'뭔데 이거!'

보통 단 커피는 생크림이나 초코로 단맛을 많이 내어 금방 질린다면 이건 땅콩버터가 들어가 고소하고 달달하면서도 적당히 쓴 커피 맛도 진하게 느껴지는 부드러운 풍미를 가진 맛이었다. 커피 맛에 반해 문을 열고 나갈 때까지 '2호점이 서울에 생기면 대박 날 것 같은데.'라고 생각했는데, 며칠 뒤 알아보니 서울에 벌써 있다고 한다. 세상에는 역시 나보다 발 빠르고 똑똑한 사람들 천지다. 자고로 그런 사람을 본받아야 한다. 나는 본래 늘 생각만 하고 행동하지 않는 사람이었는데, 지금은 생각할 시간에 움직이고 행동부터 옮기는 사람이 되려고 울면서 노력하는 중이다.

05
—
안녕
우도

우도는 한 달 중 가장 맑고 화창한 날 갈 거라고 벼르고 벼르다 집에 갈 날이 다 되어서야 발등에 불이 떨어졌다. 이러다 우도도 못 가고 집에 돌아가는 게 아닌가 싶어 어쩌다 보니 가장 우중충한 날을 잡아 우도를 가게 되었다. 어김없이 701번 버스를 탔다. 인터넷에서 찾아본 대로 성산항 입구에서 내려 또 15분을 더 걸어가야 했고, 옆에서는 포클레인이 땅을 파고 있다. 보기만 해도 위험해 보이는 안전제일 노란 표지판이 널려 있어 구덩이 옆을 조심조심 정신 똑바로 차리고 걸어가야만 했다. 하얀 이글루같이 생긴 곳이 보여 들어갔더니 사람이 바글바글 도떼기시장이 따로 없었다. 표 받는 사람에게 몇천 원 내고 배를 타면 되는 건 줄 알았는데 웬걸? 승선신고서 작성대로 가서 승선신고를 하란다. 중요한 건 승선신고서는 1인당

두 개씩 꼭 작성해야 한다. 우도로 들어갈 때 한 장, 나올 때 나머지 한 장. 우도에서 평생 살 거 아니면 정신 차리고 두 장을 적어야 한다. 승선신고서를 작성한 후 드디어 신분증을 챙겨 매표소로 갔다. 무슨 매표소까지 가는 것만 해도 이리 복잡한지. 구경하기도 전에 우도에 정이 다 떨어질 뻔했다.

　　하얀색 큰 배에 오르자마자 제일 위층으로 올라가 한자리를 잡아 앉았다. 오른쪽 자리에는 가족 단위로 온 사람들이 서로 사진 찍어주기 바빴고, 왼쪽 자리에 있는 커플들은 저들끼리 꽁냥거리느라 정신없었다. 우도를 혼자 가는 외톨이는 나뿐인 것 같았다. 우울해지기 전에 가방에 나도 몰래 데리고 온 친구가 있어 조심히 꺼내 들었다. 가나에서 온 나의 오랜 벗 '가나초콜릿'. 혼자 한 달을 가까이 사람 안 만나고 지내다 보니 개그감도 다 죽었다. 기분 좋게 초콜릿을 입에 넣어 녹여 먹으면서 당 충전하고 가다 보니 20분도 채 안 되어 우도에 도착했다. 배에서 내리자마자 눈앞에 진귀한 풍경이 펼쳐졌다. 여기가 우도인지 베트남인지 알 수 없을 정도로 오토바이 천국이었다. 오토바이는 엄두도 나지 않았고, 오토바이만큼이나 많은 자전거도 더위를 먹어 기절해 병원에 실려 가고 싶지 않으니 패스하고 다른곳을 두리번거리니 저 멀리 나의 빨간색 구세주를 발견했다. 빨간 버스. 아침부터 여기까지 버스 타고 왔는데 또 버스

를 타다니. 우도를 쉽게 구경하려면 오토바이, 자전거, 버스 세 가지 중 적어도 하나는 골라야 했고, 가만히 있어도 땀이 콸콸 흐르는 날씨에 에어컨 때문에라도 버스를 택하지 않을 수 없었다.

버스투어를 하겠다고 말하고 5천 원을 건네면 아저씨가 핑크색 종이를 나누어 준다. 그 종이는 잃어버리면 안 된다. 내리고 다음에 다시 탈 때 꼭 필요하다. 우도 버스투어는 검멀레해변, 비양도, 서빈백사, 하고수도 등 우도의 특정 관광지 몇 군데를 돌면서 내리고 싶은 곳에 자유롭게 내려 관광하고 타고 싶을 때 또다시 버스 타고 다른 곳으로 이동하면 된다. 버스는 30분마다 계속 줄줄이 들어오기 때문에 시간 부담도 없고 편했다. 우도 버스투어 첫 번째 코스인 검멀레해변에 도착하자 사람들이 버스에서 우르르 내렸다. 사람들을 따라 버스에서 내리니 깎아지는 절벽 아래 압도적으로 멋스러운 해변이 눈앞에 펼쳐졌다. '검멀레'는 검은 모래라는 뜻으로, 이름에서 알 수 있듯이 검멀레해변은 우리가 흔히 알고 있는 하얀 모래사장이 아니라 검은 모래로 이루어진 해변이다. 해변의 절벽 끝에는 썰물 때만 들어갈 수 있는 동안경굴이라는 동굴이 있는데, 고래가 산다는 전설이 내려와 고래굴이라고도 부른다. 바다는 깨끗하고 맑다는 느낌보다 웅장하고 어딘가 낯선 인상을 주었다. 검은 모래와 맞닿은 에메랄드빛 바다는 얼룩이 진 듯 군데군데 어두웠다. 좀처럼 볼 수

없는 신기한 검은 모래를 가까이서 구경하고 싶었지만 뙤약볕 아래 끝없이 이어진 긴 계단을 보는 순간 굳이 내려가지 않았다.

'음 뭐. 위에서 봐도 충분히 잘 보이네. 위에서 보나 밑에서 보나 검은 모래가 검은 모래지.'

주위를 둘러보면 중국집, 라면 가게, 수제 아이스크림 가게, 횟집, 한정식, 고로케 집 등 우도에서 3박 4일 일정으로 다 먹고 오고 싶을 정도로 하나같이 맛있어 보이는 음식이 많았지만 앞으로 두 군데 정도 더 들릴 예정이었기 때문에 첫 코스에서는 가볍게 아이스크림 정도만 먹기로 했다.

우도에서는 수제 아이스크림이 맛있기로 유명한데, 종류는 땅콩, 천혜향, 한라봉 세 가지다. 상큼한 맛으로 먹고 싶어 한라봉 아이스크림으로 하나 샀다. 가격은 4,500원. 역시 관광지라 그런지 아이스크림 하나도 비쌌다. 컵에 상아색에 가까운 연한 오렌지빛 샤베트 아이스크림에 껍질 깐 한라봉 다섯 알이 동그랗게 줄지어 올라가 있었다. 입에 아이스크림을 한입 넣으면 그 상큼함이 말도 못 한다. 깔끔하고 맛있는 상큼한 샤베트 맛. 한라봉 한 알에 아이스크림을 푸욱 떠 같이 한입에 넣으면 그 순간 더위를 싹 잊게 해 주었다. 순식간에 아이스크림을 해치운 후 곧장 다시 버스에 올라타 두 번째 코스로 출발했다.

06
잠깐 쉬다
갈게

얼마 가지도 않아 버스가 멈추고 비양도에 도착했다. 여기도 사람들이 많이 내렸지만 더워서 구경이고 뭐고 좀 더 열을 식히고 싶어 다음 목적지인 하고수동 해변에서 내렸다. 에어컨 빵빵한 버스가 천국이었다면 하고수동 해변은 무릉도원이었다. 바다색이 어쩜 이럴 수 있는지. 제주에서 본 바다 중 가장 이국적인 느낌이 강하게 느껴지는 하고수동 해변은 에메랄드빛 물감을 풀어 놓은 듯 맑은 청자색을 띠는 바다와 하얀 모래사장이 태양 빛에 반짝거리고 진주알처럼 눈부셨다. 그 아름다움에 반해 해변을 따라 걷다 보니 눈앞에 큰 인어공주상이 손을 다소곳이 모으고 눈을 감고 앉아 있었다. 내 눈에만 그런 건지 인어공주의 비늘이 진짜 살아 숨 쉬는 것 같아 약간 무섭게 느껴졌다. 밤늦은 시간 깜깜하게 어두워지면 관광객들은 우도를 다 빠져나가고 그때 물 안으로 인어공주가 걸어 들어갔다가 새벽쯤 다시 나와서 저러고 모르는 척 앉아 있을 것만 같은 기분이 들었다.

인어공주 옆에서 사진도 찍고 해변을 실컷 구경하다 보니 점심 먹을 시간이 왔다. 점심은 진작부터 우도 자장면을 먹을 계획이었다. 그런데 도대체 중국집은 어디 있나. 분명 검멀레해변에서는 널려 있는 게 중국집이고 밥집이었는데, 하고수동 해변은 밥집 찾는 것도 하늘의 별따기였다. 그래도 하나쯤은 있겠지 싶어 땀을 줄줄 흘리며 더러운 몰골로 안쪽까지 구석구석 돌아다녔다. '흑돼지 자장면'. 드디어

만난 중국집이다! 처음에는 이게 카페인가 중국집인가 헷갈렸는데, 메뉴판에 흑돼지 자장면 여섯 글자가 친절하게 적혀 있었다. 너무 반가워 눈물이 날 뻔했다. 카페와 같이하는 중국집이라 맛이 좀 떨어질 수 있겠다 싶었지만 이런들 어떠하고 저런들 어떠하리. 우도에서 자장면만 먹으면 되는 거지요. 자장면 한 그릇 값이 1만 원. 비싸도 너무 비쌌다. 그래도 이때 배고픔으로는 2만 원 달라고 했어도 얼마든지 주고 먹었을 거다. 흑돼지 자장면이 나오자마자 10분도 안 되어 그릇을 비웠다. 아사직전이라 그런지 자장면은 물론 맛있었다. 사실 누구나 다 아는 그 자장면 맛이었다. 흑돼지 맛이 아주 더 심하게 느껴지고 더 특별하고 이런 건 모르겠고, 맛있었던 것은 분명하다.

정류장으로 걸어가는 길에 우도에서 워낙에 유명해 이름은 몇 번 들어본 적 있는 블랑로쉐라는 카페가 보였다. 가고 싶은 카페를 메모했을 때도 후보에 넣지 않은 곳이었지만, 무더위에 아이스아메리카노나 한잔 테이크아웃해서 나올까 싶어 별 기대 없이 들어갔다. 그런데 세상에. 안 들어왔으면 어쩔 뻔했대? 내부는 온통 슬라이딩 도어로 다 오픈되어 어디를 봐도 에메랄드빛 바다가 시원하게 펼쳐져 있었다. 지금껏 가본 '뷰 맛집' 카페 중 당연 으뜸이었다. 손님이 많이 있는데도 불구하고 답답하거나 불편함을 느끼지 못할 정도로 넓 놓고 해변을 바라보았다. 땅콩으로 된 음료나 아이스크림이 유명

하다고 했지만, 고집 있게 아이스아메리카노로 시키고 한 시간 반을 혼자 놀았다. 일어날 때는 아쉬워 엉덩이가 떨어지지 않았지만 다음 코스를 위해 이곳과 작별하고 다시 버스를 타러 갔다.

07
잘 있어
우도

우도 마지막 코스 서빈백사에 도착했다. 서빈백사는 우도 서쪽 해안에 위치하고 백색의 홍조단괴로 이루어져 그런 명칭으로 불린다고 했다. 사람들은 서빈백사가 우도에서 가장 멋지고 예쁘다고 하는데, 나는 이때부터 너무 피곤하고 잠이 쏟아져 해변에 대한 더이상의 큰 감흥은 사라지고 없었다. 자장면 집을 찾을 때 너무 열정을 쏟았는지 피곤해 죽겠고, 해변도 인제 그만 보고 싶고, 집에 가서 눕고 싶을 뿐. 홍조류의 산호말 등이 돌처럼 단단하게 굳어져 형성된 홍조단괴는 울퉁불퉁하고 새하얀 빛깔을 띠고 있어 팝콘과 비슷하게 생겼다. '팝콘 해변'이라고도 불리는 서빈백사는 모래 대신 이 팝콘들이 땅을 뒤덮고 있다. 팝콘 모래라고 불리지만 내 눈에는 아주 거대한 귀지 같기도 해 귀여웠다. 버스 기사님 말로는, 국내 유일의 홍조

단괴로 이루어진 해변이라 천연기념물로 지정된 곳으로, 팝콘들이 귀엽다고 훔쳐 가면 절대 안 된다고 했다. 귀엽다고 자갈 한 알 정도는 모르겠지 같은 어리석은 생각으로 가방에 넣었다간 인생 종치는 거다.

서빈백사를 끝으로 다시 돌아가는 배를 탔다. 너무 피곤해 이번에는 배 옥상으로 올라가지 않고 타자마자 배 안에 있는 방의 빈자리에 앉았다. 아까는 분명 배 안에 있는 방은 텅텅 비었고 옥상에만 사람이 터져나갈 것 같았는데, 돌아갈 때는 발 디딜 곳 없이 방 안이 터져나갔다. 방 안에 사람이 가득 차 있고 다들 표정도 없이 피곤해 보여 꼭 피난 가는 느낌마저 들었다. 하도 걸어 발이 퉁퉁 붓고 아파 샌들을 벗었는데 바로 기겁했다! 발등에 붙어 온 서빈백사 쌀알 한 톨. 너무 놀라서 얼른 발등을 털어내고 자리를 옮겼다. 하마터면 수갑 찰 뻔. 이날 하루 버스를 몇 번이나 탔는지 생각하며 버스라면 이제 진절머리가 날 정도다. 거기다 배 탄 것까지 합치면, 어휴. 그럼에도 점점 흐릿해져가는 우도의 모습이 어쩐지 아쉬워 몇 번이나 다시 그쪽으로 고개가 돌아갔다.

04

낭만 제주
리얼 제주

01
선녀들이 내려오는
쇠소깍

일어나 시간에 쫓기지 않고 식빵에 잼을 발라 먹으며 창밖을 내다보고 날씨를 체크 한다. 이것이 한 달 살이 여행자의 흔한 여유로운 아침 일상. 만일 친구나 애인과 함께 여행했더라면 지금 외모에 치장하느라 많은 시간을 할애했겠지. 세수하고 양치했으면 거의 80퍼센트 준비는 끝났다. 살이 보이는 곳에 선크림을 치덕치덕 발라주면 90퍼센트 준비 끝. 어제나 그제 입은 옷 중에 냄새가 덜 나는 옷을 대충 주워 입고 나가면 모든 준비가 끝난다. 뭣 하러 옷은 스무 벌이나 넘게 챙겨 왔나 모르겠다. 보여줄 사람도 없는데. 화장은 걸어가면서 입술만 톡톡 발라주고 좁쌀만큼 작은 눈을 하고 쇠소깍으로 출발했다.

이곳에서 유명한 투명카약을 타 보고 싶어 검색해 보았는데 무슨 일인지 지금은 카약 운행을 하지 않는단다. 그럼 굳이 쇠소깍을 가야 할 필요가 있을까 잠시 고민에 빠졌지만, 그 근처에 커피 맛있기로 유명한 카페 테라로사 서귀포점이 있다고 해서 가보기로 했다.

버스 타고 두레빌라라는 곳에 내려 걸어가면 쇠소깍이 나온다고 분명 적혀 있는 글을 보았는데 뭐가 또 잘못된 건지 당최 보이지 않는다. 횡단보도를 건넜고 물 한 방울도 없는 이상한 다리도 건너 숲을 헤치고 걷고 또 걸어도 쇠소깍 비슷한 것도 없다. 물이 보여야 그래도 쇠소깍 근처라도 왔구나 안심할 텐데 물은커녕 어디를 봐도 풀떼기만 처지였다 이 길이 맞는지 지나가는 사람 붙잡고 물어보고 싶어도 무서울 만큼 사람 한 명 없었다. 걸어가면 갈수록 숲이라 뱀이 우글우글할 것 같았다. 뱀 숲보다 도로가 덜 위험할 것 같아 위험을 무릅쓰고 도로로 쭉 걸었다.

"어휴. 그냥 택시 탈걸."

이 소리만 벌써 열댓 번은 했다. 후회하면 무엇하리오. 무릇 포기란 빠를수록 좋은 법이고, 늘 나는 포기가 쉽고 빠른 사람이다. 쇠소깍은 걷다가 진즉에 정 다 떨어졌고, 테라로사나 찾아 들어가자 싶어 지도 목적지를 테라로사로 다시 바꾸었다. 몇 분쯤 더 걸었을까. 울창한 숲 사이로 유난히 맑고 푸른 청록빛을 띠는 물이 흐르는 계곡이 나타났다. 쇠소깍이다!

쇠소깍은 하늘에서 선녀가 사뿐히 목욕하러 내려올 것 같이 맑고 아름다웠다. 소나무 사이사이로 보이는 쇠소깍의 넓은 전경을 넋 놓고 바라보고 있다 정신을 차려보니 주위에 또 사람이 한 명도 없었다. 혼자 오래 물속을 들여다보고 있는 게 갑자기 무서워졌다. 여기는 특히나 용이 물 안에서 튀어 오를 것 같이 오묘해 살짝 겁이 났다. 나이 서른이 넘었는데 용이나 상상하고 있다니. 할 말이 없다, 나도.

빠른 걸음으로 사람이 보이는 곳까지 앞만 보고 걷다 보니 검푸른 넓은 해변에 까만 모래밭이 보였다. 모래밭 여기를 봐도 저기를 봐도 돌탑 천지. 한국 사람들만 이런 건지 모르겠지만, 다들 돌만 보이면 탑부터 쌓고 본다. 내 키보다 큰 돌탑은 보고만 있어도 징그러울 지경이었다. 누가 보면 배틀이라도 하는 것처럼 쌓았다. 검은 모래 위에 작게는 네 개 정도 쌓은 아기자기한 돌탑도 사방에 널려 있었다. 다들 어떤 바람을 가지고 이 돌탑을 쌓았을까? 궁금했다. 한 발 걸으면 돌탑 또 한 발 걸어가면 돌탑. 좋은 것 남들만 하게 둘 수는 없지. 가장 예뻐 보이는 돌을 주워 야자나무 아래에 있는 큰 돌탑 아래에서 눈을 감고 소원을 빌었다. 스무 살 이후로 내 소원은 줄곧 가족의 건강이 첫 번째다.

"우리 가족 다섯이 항상 건강하게 나쁜 일 없이 건강하게 오래오래 살 수 있게 해주세요."

쇠소깍을 나와 아무리 찾아봐도 이번에는 테라로사가 보이지 않았다. 길치 최고봉이 있다면 그게 또 나다. 발도 터져나갈 것 같고 이제 배도 고파서 테라로사는 바로 포기하고 다시 걸어 나와 버스를 탔다. 다시 한번 말하지만 나는 뭐든 포기가 쉽고 빠른 사람이다. 맛집을 갈 거라고 찾아갔다가도 만약 줄이 길게 늘어져 있는 걸 보면 바로 포기하고 옆집을 가는 사람이 나고, 산을 3시간 타고 힘들게 올라갔다가 이제 15분만 더 가면 정상이라고 해도 힘들면 그 자리에서 싸 온 도시락 먹어치우고 바로 하산하는 사람이 나다.

"닌 그냥 포기가 가장 쉬웠어요 책이라도 내지 그러냐."

오죽하면 언니가 이랬을까.

02
바공식당

테라로사는 깔끔하게 포기하고, 근처에 혼밥을 하기 좋은 식당이 있다고 해서 버스까지 타고 이동했다. 가게 간판을 보자마자 뜨억.

'이게 뭐지. 고마 들어가지 말까?'

우중충한 회색 간판에 검은 스프레이로 사장님이 직접 썼음이 틀림없어 보이는 글씨체로 대충 '바공식당'이라고 큼지막하게 적혀 있었다. 생각했던 것보다 외관, 아니 간판이 너무 허름해 당황스러웠으나 배가 고파 일단 식당 문을 열고 들어갔다. 들어가고 나서야 왜 간판이 그랬는지 알 것 같았다. 내부는 좁고 빈티지한 테이블 네 개가 놓여 있었고, 그 위에 드라마에서나 본 것 같은 알록달록한 빈티지 컵과 물통, 접시가 수저와 함께 올려 있었다. 훈남인 남자 사장님은 무표정으로 바쁘게 요리하고 있었다. 모든 사물의 시간이 멈춘

것 같은 옛날 소품들로 투박하게 꾸민 작은 식당.

이곳은 단일 메뉴만 되고, 메뉴는 매일 사장님 마음대로 바뀌기 때문에 메뉴판이 없다. 일단 메뉴를 고르지 않아도 되어 마음에 들었다. 뭐든 잘 먹는 편이라 메뉴판을 보면 다 먹고 싶어서 메뉴를 보고 고르는 게 더 곤욕이다. 빈자리에 가만히 자리 잡고 앉아 있으면 음식을 만들어 사장님이 직접 앉은 자리에 가져다주신다. 어찌 보면 정 없어 보일 수 있지만, 또 어찌 보면 요즘 혼밥시대라 이런 게 더 편하고 좋을 수 있다. 행운이었던 건 이날 메뉴에 우연히 고기가 메인이었다. 몇 분 지나지 않아 내 앞에 정갈한 한상이 차려졌다. 간장 베이스 삼겹살에 부추를 볶고 마요네즈 드리즐에 가다랑어포가 가득 올라간, 냄새만 맡아도 벌써 맛있음에 분명한 메뉴가 메인으로 나왔다. 그 옆에 빨간 무말랭이무침, 쫀득한 어묵볶음, 아삭한 김치, 탱글탱글한 곤약볶음까지 반찬은 네 가지. 흑미밥에 무국도 같이 나왔다. 이렇게 깔끔한 집밥을 9천 원에 먹을 수 있다니. 보기만 해도 배가 불렀다. 반찬도 하나같이 다 맛있어 남김없이 긁어먹었고, 특히 고기는 더 추가해서 먹고 싶었다. 처음에 간판을 보고 도망가고 싶던 그 마음은 진작 사라지고 없었다. 가게를 나올 때는 제주를 떠나기 전 다른 날 사장님의 다른 메뉴도 맛보고 싶어졌다. 같은 식당을 찾아도 매번 다른 메뉴를 먹을 수 있다니 특별한 식당처럼 느껴졌다. 아까까지만 해도 들어올까 말까 망설인 게 무색하다. 내

가 생각해도 난 참 동전 뒤집듯이 쉬운 인간이다.

게스트하우스에 들어가기에는 아직 시간이 좀 일러 식당 근처의 아무 카페나 들어가려고 걸었는데, 참 알 수 없는 동네. 정든지 몇 분 만에 또 정떨어지려 했다. 몇 정거장을 걸었는데, 그 흔한 동네 카페 하나도 이렇게 보이지 않을 수 있는 건지. 이 동네 사람들은 커피를 마시지 않고 사는 건가?

"저기. 혹시 이 근처에 카페는 없나요? 아무 카페든 괜찮은데 안 보여서요."

"저쪽에 하나 있긴 있는데…….."

관광객이 아닌 동네 사람 같아 보이는 지나가는 아줌마 한 명을 붙잡고 물었더니 아줌마가 어느 한 곳을 가리켰다. 드디어 카페를 찾았다 싶어 손짓한대로 따라 들어갔는데, 분위기가 이상했다. 이건 호프집도 아닌 것이 치킨집도 아닌 게, 분명 내가 아는 카페와는 많이 다른 느낌이었다. 일단 자리를 잡고 앉기는 했는데 뭔가 찝찝했다. 지갑 들고 주문하려고 카운터 앞으로 가 혹시나 해 주인아줌마에게 물었다.

"저기 사장님, 카페라고 해서 들어오긴 했는데, 헤헤, 여기 카페 맞죠?"

내 말을 듣자마자 주인아줌마가 크게 웃었다. 이 순간 뭔가 잘못되었음을 감지했다.

"커피도 되지 뭐. 하하하, 아가씨 해 줄게. 뭐 어떤 거? 믹스? 블랙? 하하하, 우린 피자집이긴 한데 커피도 해 달라 하면 해 준다."

피자집? 메뉴판을 달라고 해서 보았더니 정말 피자집이다. 메뉴판에 커피라는 메뉴가 있기는 했지만, 그건 메뉴판 제일 뒷장 사이드 메뉴에 덩그러니 적혀 있었다. 민망해 하며 나가려는데 주인아줌마가 괜찮다고 커피 마시고 가라고 해서 그 와중에 아이스아메리카노도 되냐고 물었더니 웃으며 해 주겠다고 했다. 3천 원만 내라고 했다. 단돈 3천 원으로 모르는 아줌마가 타준 아이스아메리카노를 마셨다.

피자집에서 커피를 마시고 있는 내 모습에 웃음이 새어 나왔다.

03
제주
화장실

이날은 개봉 영화을 보러 제주 시내에 있는 영화관을 다녀오기로 결심한 날이다. 한 달 살이하면서 하고 싶던 작은 로망 중 하나가 제주도에서 제주도민처럼 영화관에 가서 영화 한 편 보고 오는 거였다. 제주도에서 영화 한 편 찍는 것도 아니고 영화 한 편 보는 게 로망이라니. 어찌 보면 참 소박하지만, 누구나 다 할 수 있는 경험은 아니라고 생각했다. 제주도를 여행 오는 사람 중 2박 3일, 짧게는 1박 2일로 오가는 사람도 많다. 그 짧은 시간에 아름다운 제주도 한 곳이라도 더 눈에 담기 바쁠 뿐, 집으로 돌아가도 언제든 갈 수 있는 영화관을 군이 제주도에서 갈 일은 거의 없으니까.

영화관 바로 옆 대형 마트에 들러 과자 두 봉지, 감귤즙 한 개를 사들고 서귀포 롯데시네마로 걸어갔다. 넓은 영화관에 이렇게 사

람이 없는 건 살다 살다 처음 보았다. 평일이라고 하지만 나, 직원 포함해 사람이 다섯 명도 없어서 영화관 안이 너무 조용했다. 영화 〈나는 전설이다〉의 월 스미스처럼 밖에서는 좀비들로 난리가 났는데 우리만 모르고 있는 것만 같은 그런 이상한 분위기. 누구나 한 번쯤 이런 상상들 하지 않나. 전염병이 돌아서 세상 사람 모두 좀비가 되고 세상천지에 나 혼자 사람으로 사는 그런 이상한 상상. 언젠가 현실에 이런 일이 생길 것만 같다. 하루에도 이런 징글징글한 상상을 몇 번씩 하는 나와 코드 맞는 놈이 이 세상천지에 있으려나 모르겠다. 40분쯤 뒤 3관으로 입장했다. 안에는 2쌍의 남녀가 자리에 앉아 있었다. 혼자인 나는 영화 시작과 동시에 감귤즙부터 뜯어 흡입했다.

영화가 끝난 후, 롯데시네마 근처에 '비브레이브'라는 맛있는 커피집이 있다고 해서 지도를 켜고 걸었다. 오르막길이라 땀은 좀 났지만 비교적 쉽게 찾을 수 있었다. 외관은 화이트 톤으로 되어 있고 작은 창이 하나 나 있었다. 문 옆에 물고기 마크가 새겨져 있는 나무 간판이 붙어 있어서 좀 귀엽기는 했지만, 겉으로 보면 어디서나 흔히 볼 수 있는 작은 카페였다. 문을 열고 들어가자 메뉴판에는 '고르시오'라는 글이 눈에 띄었다. 아메리카노를 뒤로하고 이 카페에서 가장 유명하다는 시그니처 커피인 아이스로쉐를 주문했다. 주문을 마치고 주위를 둘러보니 큰 테이블 두 개만 놓여 있고, 열 명 남짓 앉

을 수 있는 의자가 있었다. 두 테이블 중 제일 안쪽 한 자리를 차지
해 앉았다. 몇 분 지나지 않아 작은 잔에 아이스로쉐가 나왔다. 앉은
자리에서 기본 한 상자는 다 해치울 수 있을 만큼 맛있는 페레로로
쉐를 베이스로 해서 그런지 양이 많지 않음에도 2킬로그램은 찔 것
같은 비주얼이었다. 위에는 잘게 부순 땅콩까지 올라가 고소함을 더
해 주었다. 나처럼 단것 좋아하는 사람은 환장할 맛.

이 좁은 곳에 화장실은 당연히 밖에 있겠지 싶어 기대도 하지 않
았는데, 실내에 조그만 화장실이 있었다. 겁이 많아 평소에도 밖에
떨어져 있는 화장실은 무섭고 싫어한다. 되도록 참을 수 있을 때까
지 참는 편인데, 혼자 여행할 때는 오죽하랴. 화장실 문을 열고 들어
갔더니 나 하나 들어가면 숨이 턱 막힐 듯 좁은데, 그 안에 또 있을
건 다 들어가 있었다. 제주도 카페 화장실에 경악한 일이 하도 많아
좁아도 깔끔하고 카페 안에 화장실이 있다는 것만으로 호텔 화장실
처럼 느껴졌다.

며칠 전에 간 카페는 화장실이 밖에 있다고 해서 나갔는데, 같은
건물도 아니고 곧 무너져 내릴 것 같은 허름한 다른 건물 안에 있었
다. 심지어 칸도 하나뿐이었다. 들어가자마자 경악! 오, 신이시여!
냄새도 다들 어떻게 하면 이런 냄새가 나나 싶은, 지독한 지린내가
안을 진동했다. 서둘러 나가려 해도 오줌보가 터지려 할 때 간 거라

돌이키기에는 늦었다. 숨을 참고 입으로만 간간이 죽을 것 같을 때 미세하게 조금씩 숨을 내쉬면서 바지를 내려 변기에 쪼그려 앉으려는데, 이런 문이 고장이다! 이 와중에 변기는 수세식. 시대가 멈춘 곳인 줄 알았다. 가지가지 한다. 가지가지 해. 잠기는 건 물론이요, 문이 닫히지도 않았다. 눈물이 앞을 가리고 오줌보는 터질 기세라 하는 수 없이 한 손으로는 문을 잡고 다른 한 손으로 바지를 잡고 겨우 볼일을 보았다. 지금 생각해도 그 순간이 치욕스럽고 짜증 난다. 그 카페에 대한 그날의 기억은 최악이다. 아무리 예쁜 카페라도 기본이 안 된 곳이 많다.

글도 쓰고 SNS에 사진도 올리고 하다 보니 시간이 훌쩍 흘렀지만, 빵빵한 에어컨을 버리고 창밖에 보이는 이글이글 끓는 뜨거운 아스팔트를 걸어 다닐 자신이 없었다. 평일이라 그런지 카페에 사람은 거의 없었지만, 좁은 카페에 죽치고 오래 앉아 있는 것도 죄송했다.

"사장님, 너무 오래 있어서 죄송한데 좀 더 있어도 되나요?"

물었더니

"네, 그럼요. 나 퇴근할 때 같이 나가도 돼요. 하하하."

호탕하게 웃는 천사 사장님. 이날 화장실과 친절함에 반해 제주도를 떠나기 전 한 번 더 이곳을 찾아 커피를 마셨다. 몇 분 후, 눈치껏 사장님 퇴근하기 전에 나왔다.

게스트하우스로 돌아가 며칠 전 사둔 햇반 하나에 김, 고추참치를 꺼내 저녁밥을 간단히 먹었다. 항상 저녁을 과하게 먹어서 그런지 몇 시간 지나지 않아 배가 고팠다. 일찍 일어나서 아침을 먹으려고 평소보다 더 빨리 불을 끄고 침대에 누웠다. 10분쯤 지났을까. 배가 쿡쿡 쑤셨다. 그대로 자고 싶었으나 예사 배가 아니란 걸 알고 화장실로 뛰어갔다. 15분 정도 전쟁을 치르고 물을 내렸는데, 내려가야 할 물이 위로 분수처럼 솟구쳤다.

'사람 좀 살자!'

밥도 적게 먹고 힘도 없는데 이게 무슨 날벼락인지. 일이 술술 풀리는 게 없다. 심지어 이날은 게스트하우스에 손님이 나뿐인 날이라 물을 내리지 않고 도망가면 용의자는 섭지, 코지, 나 이렇게 셋이다. 그러면 누가 봐도 범인은 나 아니겠나. 하루 이틀 지낼 곳도 아니고 한 달 내내 지내는 곳이라 작은 실수도 하고 싶지 않았다. 몇 번을 물 내리고 기다리고, 또 물 내리고 기다리고. 이 짓을 몇십 분. 내 몸에서 나온 것을 녹여서 내려보내고 씨름하다 겨우 방에 돌아와 기절하듯 잠이 들었다. 말 그대로 기절하듯.

제주 화장실은 하나같이 나한테 모욕감을 준다.

04

내 친구
익명이와 함께

이날은 제주에 친구가 놀러 오기로 한 날이라 아침부터 약간 들떠 있었다. 제주도에서 한 달 살아보겠다고 마음먹었을 때는 가족 아닌 그 누구도 만날 생각이 없었다. 친구들이 나를 붙잡고 "니 제주도 있을 때 나도 놀러 갈래."하고 신나서 이야기를 꺼내면 내가 들어도 서운해 절교하고 싶어질 정도로 정 떼놓는 대답을 하곤 했다. 한 달만은 아무도 모르는 곳에 가서 아무 생각 없이, 아무런 교류 없이 고립해 지내고 싶었다. 그들이 서운해 할지라도 한 달 동안은 오롯이 내 생각만 하고, 내게 집중하고 싶었다. 그런데 친구 중 익명이만이 그 서운함을 뚫고 나를 보기 위해 제주도를 찾았다.

익명이는 나와 만나기로 한 하루 전날 제주도에 도착했다. 이름

모를 다른 숙소에서 묵고 오늘 내 게스트하우스 근처 카페에서 만나기로 했다. 익명이와 만나기로 한 카페에 먼저 도착해 자리 잡자, 곧이어 익명이도 도착했다. 오자마자 인사를 하기도 전에 익명이가 놀란 눈을 하고 말했다.

"야, 심희정! 니 옷 이거 뭔데? 야! 팔 들어봐."

익명이의 말대로 팔을 들어 올렸는데, 그 순간 겨드랑이에 바람이 슝 들어왔다. 그런 나를 보며 익명이는 자지러지며 웃고, 나는 사태 파악을 위해 얼른 휴대폰 카메라를 켜 겨드랑이를 확인해 보니 원피스 오른쪽 겨드랑이가 6 내지 7센티미터 정도 찢어져 있었다. 살면서 이런 일이 일상이라 이젠 놀랍지도 않았고 그저 귀찮았다. 신발이고 옷이며 막 입는 편이라 멀쩡하게 남아 있는 게 없을 정도다. 밖에 나가 사람을 만나다가도 신발 밑창이나 신발에 달린 끈이 떨어져 급히 신발을 사 신는 일은 예사. 옷이 어딘가에 걸려 찢어지는 일도 일상이다. 그래서 어렸을 적에 늘 내 신발이나 옷은 언니가 밥 먹듯 빌렸지만, 언니는 내게 옷이나 신발을 잘 빌려주지 않았다. 서럽게 울고 빌려 달라고 떼쓰고 안 되면 몰래 입고 나가 들어왔다가 들켜서 또 얻어터지고 혼나고 울고불고 하루하루가 전쟁이었다.

언니 마음은 이해한다. 그래도 기어이 몰래 입고 다녔다. 익명이는 내가 더위를 하도 많이 타서 일부러 겨드랑이를 뚫어 놓은 줄 알았다고 했다. 만나자마자 어찌나 웃었는지. 이건 나중에 편의점이

보이면 바늘과 실을 사서 대충 꿰매기로 했다. 커피를 주문하고 익명이와 오랜만에 앉아 밀린 이야기를 나누었다. 모르긴 몰라도 카페에서 누가 내 겨드랑이에 구멍 난 걸 보았으면 '쯧쯧. 여기 와서 커피 마실 돈 있으면 가서 옷이나 사 입지.' 했을 거다.

　둘이 오랜만에 앉아 몇 시간을 떠들고 놀다 보니 점심때가 지나 밥을 먹으러 가기로 했다. 마산에서 나 하나만 보고 제주도를 온 거라 쓸데없는 책임감이 들었다. 제주도 대표로 익명이가 잘 즐길 수 있도록 거느려야 할 것 같은 막중한 임무를 지닌 유치한 기분마저 들었다. 먹고 싶은 것으로 사주겠다고 빨리 고르라고 재촉했지만 익명이는 휴대폰으로 제주도 맛집을 한나절 찾고 있었다. 진심으로 익명이를 놔두고 혼자 밥 먹으러 가고 싶었다. 제발 아무거나 먹으러 좀 가자고 해도 묵묵부답. 어휴. 얘와는 안 맞다. 안 맞아. 드디어 메뉴를 고르고 골라 탕수육이 맛있는 중국집이 있다고 해서 버스를 탔다. 분명 인터넷으로 검색했을 때 유명한 맛집이라고 했는데, 외관은 장사하는 집이 맞는지 의심이 들 정도로 허름했다. 들어가자마자 둘 다 말이 없어졌다. 중국집에 손님은 우리 둘뿐. 게다가 안은 한증막에 들어온 듯 숨통이 턱턱 막혔다. 배고파 미쳐버릴 것 같아 더워도 배부터 채우고 보자 싶어 탕수육 하나, 짬뽕 하나를 주문했는데, 어딘가 모르게 무서워 보이는 표정의 아저씨가 나와 "탕수

육은 지금 안 해."라고 말했다. 익명이와 나는 또 한 번 말이 없어졌다. 탕수육 먹으려고 버스 타고 왔는데 허탈했다. 익명이가 또 검색한 번 하면 점심을 저녁에 먹을지도 모른다는 생각에 아찔했다.

우리는 중국집을 일단 나와 아까보다 훨씬 빠르게 다시 검색을 거쳐 공천포식당이라는 곳에 회국수를 먹으러 갔다. 이 횟집은 공천포 바다를 한눈에 바라보며 회국수를 먹을 수 있는 곳이었다. 땀으로 샤워한 우리에게는 지상낙원이나 다름없었다. 만 5천 원짜리 한치물회 하나와 만 5천 원짜리 전복물회 하나를 주문했다. 전복물회에는 지금까지 본 전복 중 가장 큰 전복 두 개가 통째로 송송 썰어져 한가득 올라가 있었고, 한치물회는 그릇 가득 얇게 썬 탱글탱글한 한치로 가득 채워져 있었다. 이렇게 생겼는데 맛없으면 신고해야 하는 비주얼이었다. 물회를 한입에 넣자마자 익명이와 서로 눈을 마주치며 맛있다는 사인을 격하게 주고받고 물회를 순식간에 흡입했다. 먹어본 물회 중 단연 1등이었고, 꼬들꼬들함과 싱싱함은 말로 설명할 수가 없을 만큼 식감이 끝내주었다. 된장 베이스에 식초 참깨의 조합이 아주 탁월했다. 제주식 물회를 맛볼 수 있어서 만족스러운 점심이었다.

물회를 비우고 나와서 바늘과 실을 사 익명이 손에 쥐여주었다.

"부탁한다. 내 겨드랑이 안 찔리게 한 땀 한 땀 신중하게 꿰매줘."

"니 겨드랑이에 이렇게 머리 박고 바느질해 주는 친구 있나?"

내 겨드랑이에 얼굴 좀 박았다고 어찌나 생색을 내던지. 바느질하는 익명이 표정이 하도 진지해서 〈하얀 거탑〉이라도 찍는 줄 알았다. 얼마 지나지 않아 다 됐다고 했다. 폰 카메라를 켜 겨드랑이를 확인했더니 손 한 번 크게 흔들면 투두둑 터질 것처럼 바느질을 듬성듬성 해 놓았다.

"야. 이거 뭔데! 실과 시간에 졸았나?"

별것 아닌 이야기에 둘은 또 자지러지게 웃었다. 익명이가 공천포에서 가까운 곳 중 제일 좋았던 카페로 데려가 달라고 해서 고민 없이 와랑와랑으로 데리고 갔다. 한적하고 조용하면서 제주답고 맛있는 감귤 스무디가 있는 곳. 내부 여기저기 사진 찍고 있는 익명이를 보고 있으니 내 기분도 덩달아 들썩거렸다.

며칠 전 익명이가 전화로 제주도 숙소를 어디로 잡을지에 대해 물은 적이 있었다.

"니 월정리 안 가봤다며. 그럼 월정리로 잡아라. 내가 니 있는 월정리로 버스 타고 갈게."

그렇게 신신당부 했는데 듣도 보도 못한 이상한 곳에 숙소를 잡아놓았다. 덕분에 익명이와 내가 만나는 데만 2시간 가까이 걸렸다. 익명이가 하룻밤 묵은 숙소 이야기를 해 주었는데 경악을 금치 못했다. 탁자에 앉아 있었는데 지네가 천정에서 툭 하고 떨어졌다고 했

다. 여기까지만 듣고도 짐 싸서 왜 나오지 않았느냐고 했는데, 이건 시작에 불과했다. 익명이가 자는 방과 화장실에 도마뱀이 벽에 붙어 있었다고 했다. 듣기만 해도 온몸이 가려워 미칠 것 같았다. 왜 돈을 주고 도마뱀이 있는 방에서 굳이 묵은 건지 도무지 이해할 수 없었지만, 몇 초 뒤 익명이의 입에서 나온 말에 그 해답을 알 수 있었다. 남녀혼숙이란다. 이건 아무리 생각해도 익명이가 일부러 노린 것 같기도 하다. 심지어 어젯밤에 코골이 놈과 한 방을 같이 써서 잠을 거의 자지 못했다고 했다. 그런 익명이에게 "천 원짜리 방에 잔 거 아이가, 니?"라고 핀잔 아닌 핀잔을 주었다.

점점 하늘색이 어두워지려고 했다. 익명이에게 우리 동네 넘어가서 맥주 한잔만 하고 가라고 했지만, 익명이가 지 숙소까지 가려면 2시간이라 서둘러야 한다고 버스를 타러 간다고 했다. 절레절레. 그러게 누가 그리 먼 곳에 숙소를 잡으라고 했냐고. 나 몰래 남자라도 그 숙소에 숨겨 놓고 온 건지 익명이는 부랴부랴 정류장으로 걸어갔다.

익명이가 떠나고 기분이 이상했다. 익명이와 그동안 여행을 한 번도 같이 해 본 적이 없었고, 이날 하루로 뭔가 부족한 기분이 들었다. 이날의 하루를 분명 그리워할 날이 올 것 같은 기분이 들어 익명이를 버스 태워 보낼 때 마음이 따끔거리고 이상했다.

05

85계단에서 만난
할머니

저번에 사둔 물안경이 눈에 들어왔다. 저 물안경을 산 게 아까워서라도 제대로 된 스노클링을 한 번은 더 하고 집으로 돌아가야 하지 않을까란 생각이 들었다. 언젠가 KBS 〈인간극장〉에서 황우지해안이라는 곳이 나온 적이 있다. 화면으로 본 아름다운 해안은 도대체 어떤 곳일까, 저 물 안에는 어떤 물고기들이 살까 궁금했다. 몇 년 전만 해도 아는 이들만 물어물어 찾아가던 제주에 몇 남지 않은 비경으로 꼽히는 곳이라 했지만, 최근에는 SNS 덕에 급속히 알려지기 시작하면서 사람들의 발길이 잦아지고 있다고 했다. 이 황우지해안을 버스 타고 가려고 검색만 몇 날 했는데 버스 타고 갈 생각은 꿈도 꾸지 말라는 어떤 이의 말에 좌절. 스노클링의 꿈은 접고 흑돼지나 먹

으러 갈까 어쩔까 포기상태였다.

하루는 조식 시간에 게스트하우스 사장님과 황우지해안에 관해 대화를 나누었다. 사장님은 이날 마침 혼자 소풍 갈 생각이었다고, 가는 길에 황우지해안까지 차로 태워다주겠다고 했다. 고민할 필요가 전혀 없었고, 재빨리 짐을 싸 사장님을 따라나섰다.

"일찍 끝나면 집까지 다시 데리고 오면 좋은데, 스노클링 하면 오래 걸릴 거 아니에요, 그죠?"

"네? 아니요! 저 물놀이 진짜 짧게 해요. 체력이 안 좋아서요."

"그래요? 그래도 두 시간은 걸릴 텐데."

"아니요! 한 시간이면 충분합니다."

꼭 사장님 차를 타고 돌아오고 싶어서 한 말은 아니었다. 나는 정말 체력이 좋지 않은 사람이라 물놀이든 어떤 운동이든 오래 하지 못한다. 터무니없는 내 대답에 사장님은 너무 어이없다는 웃음을 지었다.

"그럼 근처에 있을 거니까 물놀이 마치면 전화해요. 집에 같이 가게."

알고 보면 사장님은 예의상 뱉은 말이었는데 내가 미끼를 물었나 싶기도 하다. 하지만 저번처럼 물놀이하고 기어서 집으로 돌아갈 일은 없다고 생각하니 체면이고 뭐고 마음이 가벼워졌다.

차에서 내려 황우지해안으로 걸어가는 길에는 나란히 보라색 수국

이 풍성하게 피어 있었다. 파인애플 같은 앙증맞은 야자수들도 옆에 줄지어 있어 마치 요정을 만나러 가는 길처럼 근사했다. 편하게 차를 얻어 타고 갔더니 눈에 보이는 모든 게 아름다웠다. 나무로 지어진 조그만 간이카페 같은 곳도 보였다. 이곳에서 커피 한잔 주문하면 구명조끼며 스노클을 대여해 준다고 적혀 있었다. 5천 원을 주고 구명조끼만 하나 빌렸다. 바로 옆에는 물놀이를 마치면 옷을 갈아입을 수 있는 탈의실도 마련되어 있었다. 탈의실이 중요하다는 걸 첫 스노클링 때 뼈저리게 느꼈기 때문에 그때와 같은 불상사가 없도록 미리 검색해 갔다. 이번에는 갈아입을 옷과 속옷도 단단히 챙겼다.

황우지해안 선녀탕으로 가려면 85계단을 내려가야 했다. 누군가 물놀이를 하고 85계단을 올라갈 때 지옥이었다고 적어 둔 글을 보고 '무슨 겨우 계단 85개 가지고? 개오바다. 개오바야.' 싶어 비웃었다. 이때만 해도 그랬다. 아주 가볍게 85계단을 내려와 보기만 해도 뾰족뾰족 날카롭고 위협적인 바위를 뚫고 걸어가 드디어 황우지해안 선녀탕 앞에 섰다.

'물색이 어쩜 이리 쨍쨍해?!'

물이 맑아 봐야 얼마나 맑길래 선녀가 내려와 목욕했다고 하는 걸까 생각했었다. 그런데 실제로 보니 어찌나 맑고 깨끗한지 물속에서 헤엄치는 물고기 떼가 다 들여다보일 정도였다. 빨리 물속으로 뛰어들고 싶었다. 주어진 시간은 1시간. 이 시간 안에 물놀이를

끝내고 나가야 하니 서둘렀다. 얼른 구명조끼를 착용하고, 스노클링 장비를 장착했다. 이 역사적인 순간을 동영상으로 남겨두어야 하기에 위험한 바위들 틈에 한 달 내내 내 옆을 지켜준 절친 삼각대를 어찌어찌 설치한 뒤 카메라 영상버튼을 눌러 놓고, 멋있게 한 번 만에 다이빙! 그랬으면 좋으련만. 나는 세상 쫄보라 또 무서워 주춤하고 그 앞에 섰다. 얕은 세화해변에서 물장구 수준으로 놀다 왔던 게 다여서 황우지해안은 밖에서만 봐도 물 깊이가 어마어마한 게 보여 겁이 났다. 블로거들이 왜 이곳에 들어갈 때 구명조끼를 반드시 착용하라고 했는지 이제야 알 것 같았다. 계속 발만 동동 담그며 물 앞에서 찌질거리고 있는 내 앞에 딱 달라붙은 파란 티셔츠를 입은 아저씨 한 명이 다가왔다. 총각이 아니라 물장구치고 있던 어떤 아이의 아빠. 아저씨. 아이 아빠는 내게 친절하게 차근차근 알려주기 시작했다. 구명조끼를 입었기 때문에 물에 충분히 뜨니까 겁먹지 말고 일단 물속으로 들어오라 했다. 벽 쪽 바위를 먼저 잡고 물에 얼굴을 담그고 적응한 뒤에 조금씩 깊은 곳으로 천천히 들어와 보라고 했다.

"물에 빠지면요?! 죽는 거 아니에요? 무서워요, 너무."

같은 말을 계속 반복해 날리는 내게 한 방 날리고 싶었을 텐데 인상 한 번 쓰지 않고 웃으며 용기를 주었다. 아이 아빠가 아니었으면 우리 아이의 아빠가 될 생각이 없느냐고 청혼할 뻔했지 뭐. 아저씨 말에 용기를 얻어 물 안으로 들어가 벽 쪽 바위를 잡고 '음파'부터 했

고, 그 와중에 바위 위에 쪼그려 앉아 있는 여자를 불러

"저기요! 혹시 그 카메라 영상 잘 돌아가고 있어요?"

라고 물었다. 진상도 이런 진상이 없다. 이 멋진 순간이 행여나 카메라가 돌아가지 않아 찍히지 않을까 봐 조마조마했다. 나는 바다에서 상어떼를 만나도 카메라로 상어 찍는다고 설치다가 상어밥이 될 인간이다. 고맙게도 쪼그려 앉아 있던 여자가 잘 찍히고 있다고 손가락으로 오케이 사인을 주며 걱정하지 말라고 했다. 그렇다면 마음 놓고 이제 드디어 용감하게 입수.

"말도 안 돼. 거짓말. 니모다, 니모!"

밖에서 볼 때와 마찬가지로 물속도 안이 훤히 들여다보일 정도로 맑고 하나같이 예쁜 색깔을 시닌 노란, 파란색 물고기들이 판을 쳤다. 현실 같지 않았다. 만화에서나 보던 니모가 정말 니모처럼 생겼다니 놀라웠다. 살면서 이렇게 많은 물고기를 본 적도 없고, 제대로 된 스노쿨링도 난생처음인지라 모든 게 신기했다. 물은 밖에서 느꼈을 때보다 실제로는 더 깊어 안으로 들어가면 갈수록 물에서 빠져나오지 못할 수도 있겠다는 생각에 살기 위해 미친 듯이 발과 손을 휘둘렀다. 다 좋은데 뭐가 문제인지 입에 물고 있는 스노클은 내가 숨만 쉬었다 하면 소금물이 입안으로 한 바가지씩 빨려 들어왔다. 지금까지도 스노클은 도대체 어떻게 사용하는지 모르겠다. 1시

간을 가득 채워 혼자 배영도 했다가 수영도 했다가 물 안에 잠수해서 물고기들과 대화도 좀 나누었다가 나왔다. 그러곤 부랴부랴 짐을 챙겨 85계단을 오르다가 반갑게도 우리 할머니를 만났다!

"할머니!"

85계단에서 돌아가신 우리 친할머니를 보았다. 오버 같겠지만 위험하고 깊은 바닷물에서 수영하고 물에 쫄딱 젖은 옷 그대로 입고 85계단을 한번 올라와 보면 내 말이 진짜인지 가짜인지 알 수 있을 거다. 하마터면 할머니를 따라갈 뻔. 수영장에서 수영하는 것과 천지 차이였다. 온몸이 천근만근. 오리마냥 팔이고 다리고 미친 듯이 죽기 살기로 휘저었더니 몸이 100킬로그램 넘는 소금 갑옷을 입은 것처럼 느껴졌다. 다행히 할머니를 따라가지 않고 여자탈의실로 보이는 곳에 들어갔다. 옷을 벗고 갈아입으려고 하는데, 뭔가 기분이 이상해서 위를 쳐다보았더니 천장이 뻥뻥 뚫려 있었다. 평소 같았으면 누가 숨어서 볼까 찝찝해서 고민을 적어도 3분은 했을 텐데, 이때는 가리고 말고 할 힘이 눈곱만큼도 남아 있지 않았다.

'어휴 됐다마. 그렇게 보고 싶어 볼라면 보소.'

본다고 닳는 것도 아니고. 그저 피곤했다. 물에서 빠져 죽을까 봐 어찌나 팔을 휘둘렀는지 어깨에 달린 팔이 내 팔이긴 내 팔인데 내 팔이 아닌 것 같은 느낌. 사장님에게 전화하자 감사하게도 아주 빠르게 데리러 와 주었다. 사장님은 저번에 내가 혼자 서귀포 테라로

사를 결국 못찾고 돌아온 걸 알곤 이날 같이 가서 커피 한잔 마시고 오자고 제안했다. 조금 피곤했으나 사장님이 처음 내게 커피 한잔 마시자고 제안한 것이기도 하고, 황우지해안까지 태워주고 다시 데리고 집으로 가주는 것도 감사해 맛있는 커피를 내가 사면 좀 보답이 될 것 같았다. 몸은 무거웠으나 차를 타고 카페를 가고 차를 타고 집으로 돌아가는 거라 부담 없어 좋다고 했다. 그런데 운전 중에 사장님이 내 몰골을 몇 번 힐끗힐끗 보더니 물었다.

"정말 괜찮겠어요?"

나는 웃으며 문제없다고 괜찮다고 말했지만, 눈치 없는 내 머리카락에서는 소금물이 뚝뚝 떨어지고 있었다.

06
윤희 씨 딸
희정이

사장님 차를 타고 길을 따라 들어가니 골목 안에 떡하니 자리 잡고 있던 테라로사 서귀포점. 며칠 전 그렇게 찾으려고 애쓸 때는 보이지도 않더니. 소금물 뚝뚝 떨어지는 머리카락 위에 앞이 보이지 않는 검정색 모자를 급히 눌러 쓴 채 카페 안으로 들어섰다. 층고는 높고 통유리로 시원하게 창을 뚫어두었다. 창밖으로는 싱글한 감귤밭이 푸르게 펼쳐져 있었고, 카페 안은 벽돌과 시멘트로 인테리어를 차갑고 시크하게 꾸며 뉴욕 카페에 와 있는 듯 했다. 물론 뉴욕도 TV로 본 게 다지만. 여러모로 도움 많이 받은 사장님에게 고마움의 뜻으로 커피와 디저트는 내가 사기로 하고, 아이스아메리카노 두 잔과 티라미수 한 개를 주문했다. 약간의 어색함과 침묵 속에 티라미수를 한 입씩 나눠 먹었다. 사장님 한 입, 나 두 입.

또 사장님 한 입, 나 두 입.

"혹시 살이 찌지 않는 체질 아니에요? 먹는 거에 비해 너무 안 찌는 것 같은데."

뭐든 잘 먹는 내가 신기하다는 듯 사장님이 나에게 물었다. 살다 살다 살이 찌지 않는 체질이라는 말은 처음 들어보았다. 아침저녁으로 얼마나 먹었으면 사장님 눈에 이리 포동포동한 내가 살이 찌지 않는 체질의 사람으로 보였을까. 모르긴 몰라도 '쟨 코끼리만큼 먹는데 살은 돼지만큼만 쪄있네?'라고 생각이 들었나 보다. 한번 말문이 트이자 우리는 어쩌다 서울에서 이 먼 제주도까지 오게 되었는지, 이 시골에 민박집은 왜 하게 된 거고, 그전에는 어떤 일을 했고, 가족관계는 어떻고, 코지와 섭지는 어쩌다 키우게 된 거며, 게스트하우스 이름 하마다는 무슨 뜻인지 등등 이것저것 제주의 삶에 대한 솔직한 이야기를 나누었다. 사장님과 대화를 하고 있으면 어쩐지 어른다운 어른과 이야기하고 있는 따뜻한 기분이 들어 그 시간이 귀하고 참 좋았다.

사실 사장님과 한집에 살면서 한 공간에 있는 시간은 꽤 있었지만, 처음에는 서로에 대해 딱히 궁금해 하지 않았다. 엄밀히 말하자면 내가 그랬다. 평소에는 이야기하는 것도 듣는 것도 좋아하는 편이지만, 아는 사람 한 명 없는 제주도에서는 다른 캐릭터가 되어보

고 싶었다. 말도 없고, 어딘가 모르게 사연 있어 보이고, 도무지 알 수 없는 시크한 매력이 폴폴 풍기는 여자. 결론부터 말하자면 물론 실패였다. 날이 갈수록 입이 근질거렸고, 어떤 날은 보이는 사람 아무나 붙잡고 수다를 떨고 싶었다. 제주살이 초반에 그런 이미지를 잡아서 그런지 사장님과 나는 제주도 한 달 살이 기간이 절반 남짓밖에 안 남고 나서야 제대로 된 대화를 튼 것이다. 대화를 하면 할수록 사장님은 놀라워했다.

"이렇게 겁이 많은데 어떻게 혼자 한 달 여행 올 생각을 했지? 신기하네, 정말."

이런 말을 많이 했다. 그러고도 한참 신나게 이야기를 주고받고 있는데 사장님 왈.

"윤희 씨, 그래서 있잖아요."

응? 뭐지? 처음에는 엄마가 보고 싶어 내 귀에 엄마 이름이 잘못 들린 줄 알았다. 그런데 다시 한 번 더 사장님 입에서 윤희 씨라는 말이 나오자마자 웃음이 터졌다. 영문을 모르는 사장님은 '이 또라이가 왜 또 이러나.' 하는 당황스러운 표정을 지었다. 나는 웃음을 멈추고 얼른 대답했다.

"사장님, 저 윤희 아니에요, 큭큭."

윤희는 세상에서 가장 예쁜 우리 엄마 이름이다. 대체 이게 다 어

떻게 된 상황인고 보니, 게스트하우스를 예약할 때까지만 해도 나는 인터넷뱅킹이 없었다. 그래서 예약할 때 엄마에게 현금을 주고 대신 입금 좀 해 달라고 부탁했다. 믿기지 않겠지만 서른이 넘도록 인터넷뱅킹 하나도 할 줄 몰랐다. 지금도 그 흔한 배달앱 한 번 써본 적 없다. 아이디와 비밀번호 하나로 내 통장에 있는 돈이 왔다갔다 하는 인터넷을 믿을 수가 없었고. 그 덕에 항상 은행까지 왔다갔다 발로 뛰었다. 입금할 일이 생기면 은행을 직접 가서 입금했고, 은행까지 가기 귀찮을 때는 이때처럼 엄마가 대신 넣어주곤 했다. 돈이 들어왔을 때도 은행까지 뛰어가서 내 눈으로 확인해야 속이 후련했다. 집에서 은행이 가까워 딱히 큰 불편함을 느끼지 못했다. 어쨌든 그렇게 숙박비 입금자가 엄마 이름으로 적혀 입금되었다. 그 덕에 사장님은 내 이름을 줄곧 윤희로 알고 있었던 거다.

그동안 우리는 서로의 이름을 부를 일이 없었다. 식사시간에 부를 때는 방문을 노크해서 "식사하러 오세요."라고 했고, 아침에 나갈 때는 "어디 가세요?", "잘 다녀오세요." 정도로 대화를 나누었다. 나도 밥을 맛있게 먹고 난 뒤 "희정이, 밥 맛있게 잘 먹었습니다."라고 굳이 이름을 넣어 대답할 일도 없었으니, 서로의 이름도 모르고 그간 지냈던 거다.

사장님이 어색해하며 "아니 그럼 진짜 이름이 뭐에요?"라고 물었고, "진짜 제 이름은 심희정이요."라고 또박또박 말했다. 그 말을 들

은 사장님은 "어휴. 너무 낯설다. 심희정. 낯설다, 정말." 이라는 말만 무한 반복했다. 사장님은 내 얼굴을 한참을 보더니 이름과 얼굴이 너무 어울리지 않는다고, 윤희라는 이름이 내게 더 잘 어울린다고 했다. 태어나 지금까지 살면서 한 번도 내 이름이 아니었던 순간이 없었는데 어쩌다 보니 엄마 이름으로 살아보게 되다니 재미있는 일이었다.

이런 생각하지 못한 일 덕분에 이 순간이 서로의 기억 속에 사진처럼 남아 서로를 좀 더 오래오래 기억할 것이라는 생각에 좋았다. 떠나지 않았다면 윤희로 살아보는 건 있을 수 없는 일이었겠지. 여행을 떠나지 않으면 평생 나를 아는 사람들 틈 속에서 내가 처음 만든 하나의 내 이미지로만 각인되어 살아간다. 여행을 떠나면 처음 보는 낯선 사람들, 처음 가는 곳, 처음 겪는 일에 내가 아닌 또 다른 나를 만나게 되고, 뜻하지 않게 내 삶에 특별한 이야기를 선물해 준다.

한 달을 지내다 마산으로 돌아갈 때 사장님에게 어떤 선물을 주고 돌아가면 좋을까 고민했다. 제주 사람에게 오메기떡, 한라봉, 감귤 초콜릿을 사줄 수도 없으니 어려웠다. 고민 끝에 책 선물을 하고 돌아왔고, 책 속에 '윤희 씨 딸 희정'을 빼먹지 않고 적었다.

07

부재중 전화 60번,
대기 3시간

언니가 또 다시 제주에 방문했다. 한 달이 채워질수록 아침마다 겨
우 조식 시간에 맞춰 일어나기 일쑤였는데, 이날은 언니를 만날 생
각에 눈이 먼저 떠졌다. 언니를 만나 점심으로 김밥을 먹으러 가기
로 했다. 제주도에는 유명한 김밥집이 몇 군데 있다. 그중 가장 가고
싶던 곳은 아쉽게도 개인사정으로 문이 닫혀 있었고, 다른 한 곳을
검색했다. 이번에는 미리 예약하고 가려고 전화를 60통은 한 것 같
은데 전화를 받지 않았다. 블로그에 이 김밥집을 검색하면 '제주도
가면 꼭 먹어봐야 하는 김밥이지만 한번 먹기 더럽게 힘듦.'이라는
평과, '예약도 더럽게 힘듦.', '전화를 백 번 해도 안 받음.'이라고 적
어둬서 '설마'라고 생각했는데 모든 게 사실이었다. 아니 김밥이 대
단하게 맛있어 봤자 얼마나 대단한 김밥이라고 예약전화 한 통 하기

가 박효신 콘서트 티케팅을 하는 것보다 더 어려울까.

결국 통화는 실패했고, 문이 닫혀 있을까 봐 조마조마하며 김밥집으로 갔다. 다행히도 문은 열려 있었고, 주문을 하러 들어가는 길에 본 김밥집 유리 벽면에는 '직원 구함 전화번호 OOO-OOOO'이라고 적혀 있었다. 엥? 직원을 어떻게 구하지? 전화 60통을 해도 받지 않는데. 속으로 투덜거리며 김밥집으로 들어갔다. 실내에는 큰 글씨로 김밥은 두 줄부터 주문 가능하고, 예약시간은 30분만 경과해도 예약이 취소된다고 적혀 있었다. 김밥 하나 먹는데 지켜야 할 수칙도 이렇게나 많다니. 김밥집이 갑이고 내가 을이 된 기분이었다. 들어갔을 때도 인사는커녕 다들 김밥 말기에 바빠 내게 눈길 한 번 주지 않았다. 벽면에 큼지막하게 적힌 수칙부터 먼저 읽고 알아서 주문하라는 게 느껴졌다. 빨리 이곳을 벗어나고 싶어 서둘러 주문했다.

"기본 김밥 두 줄이요."

나도 최대한 무뚝뚝하고 퉁명하게 소심하게 복수했는데, 돌아오는 대답에 경악했다.

"6천 원이고 3시간 뒤에 찾으러 오세요."

"네? 3시간이요?"

고작 김밥 두 줄인데 3시간이라니. 게다가 30분이라도 늦으면 절대 안 된단다. 누가 보면 고래 한 마리라도 잡아먹으러 간 줄 알겠다. 을이 된 우리는 어쩔 수 없이 계획에 없던 근처 시장을 구경했다.

시장에서 이것저것 사다 보니 생각보다 시간은 빠르게 흘렀고 2시간이 훌쩍 넘었다. 혹시나 시간 초과할까 봐 김밥집 앞에 미리 차 대기시키고 3시간이 될 때까지 기다렸다가 정각에 들어가서 김밥을 찾아왔다. 심지어 일찍 가서 찾아가는 것도 안 된다고 했다. 미션 임파서블이 따로 없다. 차에 타자마자 은박지에 돌돌 말려 있는 김밥을 꺼내 서둘러 하나씩 사이좋게 입에 넣었다. 김밥은 맛있었다. 맛있지만 전화를 60통 하고 3시간 대기까지 하고 또 다시 먹고 싶은 맛은 아니었다. 기대가 커 실망스러웠던 건지, 이미 상해버린 내 기분 탓인지, 그것도 아니면 기다리며 시장에서 먹은 옥수수와 흑돼지 꼬치 때문인지는 모르겠다. 이렇게 먹고 맛있으면 그게 더 이상하려나. 결국 김밥은 반 줄 정도만 먹고 나머지는 저녁에 먹으려고 다시 은박지로 싸 놓았다.

08
협재해변에서

이날은 협재해변 근처에 내가 먹고 싶었지만 혼자서는 먹을 수 없었던 갈치구이를 언니가 사주겠다고 해서 가기로 했다. 도착한 갈치구이 집은 점심때가 지나서인지 사람이 많이 없었고, 우리는 7만 원짜리 갈치구이 한 마리를 주문했다. 밑반찬으로 참치회 몇 점이 올라왔고, 그 뒤로 잡채, 돈가스, 김치, 양파고추절임, 멸치볶음, 문어회, 양상추 샐러드까지 차례대로 올라왔다. 밑반찬마저 깔끔하고 하나같이 맛있었다. 곧 믿을 수 없을 만큼 길고 긴, 1미터가 넘는 통통한 통갈치구이 한 마리가 상 가운데 올려졌다. 통통한 갈치의 살점을 뜯어 입에 넣자마자 생선살이 입안에서 사르르 녹아내렸다. 원래 생선보다 육고기를 훨씬 더 좋아하는 육고기파인데, 이날은 어찌된 일인지 내가 제일 좋아하는 짭짤한 양념갈비보다 맛있게 느껴질 정

도로 일품이었다. 싹싹 긁어 한 점도 남김없이 뼈를 다 발라 먹고 나왔다. 제주도 갈치가 다르긴 다르구나. 먹어본 갈치 중 가장 길고 가장 맛있던 갈치였다.

제주도에는 협재해변, 월정리해변, 세화해변, 금능해변 등 아름다운 많은 해변이 있다. 그중 협재해변은 외국인도 반해서 돌아간다는 에메랄드빛 해변으로 아주 유명하다. 그런데 이날 날씨가 꾸물꾸물 좋지 않아서 그런지 해변색이 에메랄드는커녕 회색빛이 돌았다. 게다가 이런 날씨에도 해변에는 애고 어른이고 발 딛을 틈 없이 터져나가고 기분 탓인지 물도 더러워 보였다. 스노클링 장비를 챙겨 갔지만 언니와 나 둘 다 물에 발도 넣기 싫다며 사진이나 찍고 여

기를 벗어나기로 했다. 그래도 기껏 가져온 스노클링 장비를 그대로 가져가긴 아쉬우니까 물 밖에서 쓰고 화보처럼 사진을 찍자고 내가 제안했다. 자매는 자매다. 이 정신 나간 제안을 언니는 받아주었다. 물안경을 머리 위에 쓰고 진지하게 포즈를 취하는 언니의 모습에 자꾸 웃음이 났다.

"얼굴에 습기 차. 이거 왜 이래?"

꺼이꺼이 넘어갔다. 지금 습기가 문제니? 잘한다 잘한다 했더니 더 진지하게 포즈도 척척 잘 취하는 언니 모습이 귀여워 웃겨 죽을 뻔.

사진 상으로는 협재해변이 아주 멋스럽게 잘도 나왔지만 실제로는 최악이었다. 시커멓고 울퉁불퉁 큼직한 바위 사이사이로 만화에서나 보았을 법한 큰 바퀴벌레같이 생긴 갯강구 바다벌레가 사방 천지에 깔려 있었다. 이거 보지 않은 사람은 모른다. 너무 징그럽다. 한두 마리면 그러려니 했을 텐데 몇 십 마리가 바위 사이를 우글우글 기어 다녔다. 사람 사는 동네에 벌레가 나타난 느낌이 아니라 벌레가 사는 동네에 우리가 떨어진 느낌이랄까. 주위에 있던 여자 둘은 이 갯강구를 처음 보았는지 고함을 지르고 난리도 아니었다.

"악! 방금 저게 뭐야?"

이 글을 쓰는 순간에도 생각하니 온몸이 간지러워 죽겠다.

협재해변을 빠져나와 또 가보고 싶던 근처 '그곳'이라는 카페를 갔다. 외관 벽면에 아주 반듯한 글씨체로 그곳이라고 적혀 있었다. 미닫이 나무문을 열고 들어서자마자 절에 온 듯 아주 조용하다 못해 적막했다. 처음에는 두 팀뿐이라 좀 조용한 건가 싶었는데 아니었다. 여기를 오는 어떠한 손님도 이곳의 고요함을 방해하지 않았고 각자 조용히 이곳의 분위기를 즐겼다. 어떤 손님은 유모차에 잠이 든 아이를 데리고 와 조용히 혼자 앉아 책을 읽으며 커피를 즐겼다. 오래된 피아노, 할머니 집에서 보았던 옛날 파란 선풍기, 오래된 레코드판에 검은색 옛날 전화기와 빈티지한 테이블, 흔들의자까지 소박하지만 어느 하나도 이곳과 어울리지 않은 물건이 없었다. 우리는 녹차케이크 하나, 자몽에이드 한잔을 주문했다. 녹차케이크는 달달한 맛이라기보다 쫀쫀한 녹차 파운드케이크 맛에 가까웠다. 그런데 또 퍼슬퍼슬한 파운드케이크 맛이 아니라 녹차 맛

이 진한 꾸덕꾸덕한 케이크 맛이라 좋았다. 자몽에이드도 다른 곳에서는 시럽 맛만 나서 그렇게 즐기는 편은 아니었는데 이곳은 쌉쌀한 자몽 맛을 그대로 살린 진하고 맛있는 에이드였다. 분위기도 맛도 모든 게 좋았다. 너무 조용해 방해가 될 것 같아 우리도 조용히 소곤소곤 이야기를 나누고 각자의 시간을 보내다 게스트하우스로 돌아갔다.

게스트하우스에 도착 후, 자기 전에 양치하려고 화장실에 갔더니 내 칫솔이 사라지고 없었다.

"언니야, 너무 찝찝하다. 왜 칫솔이 없어지노? 누가 가져간 거 아니가?"

"야, 니 칫솔을 더럽게 누가 가져가냐. 니가 실수로 휴지통에 버린 거 아니가?"

"무슨! 내가 왜 버려. 아직 한참 쓸 수 있는데. 찝찝해. 아침까지 있었는데. 무서워. 사장님한테 물어볼까? 아무리 생각해도 무서운데."

"그걸 뭘 사장님한테 또 묻노. 됐다. 너거 사장님 머리 터지겠다. 그냥 내일 칫솔 하나 사라."

언니 말에 고개는 주억거렸지만 내 발은 사장님에게 걸어가 내 칫솔이 사라졌냐고 이 무시무시한 상황을 전달했다. 내 말을 들은 사장님은 깜짝 놀랐는데, 이때 범인을 직감했다.

"그거 희정 씨 거예요? 어머 어떡해. 전 안 쓰는 칫솔인 줄 알고 아까 화장실 청소하면서 버렸어요. 미안해요 어떡해. 내가 새 것 하나 드릴게요. 정말 미안해요. 잠시만요."

범인은 사장님이었다. 사장님은 미안하다며 새 칫솔을 하나 꺼내 주었다. 나는 칫솔 도둑도 잡았고 새 칫솔도 생겨 좋았는데, 웃으면서 놀리던 언니의 말이 자꾸 머릿속에 맴돈다.

"근데 니 칫솔이 얼마나 더러웠으면 안 쓰는 건 줄 알고 버렸다는

거고. 하하하, 내가 매일 뭐라더노. 니 칫솔 보면 너무 험하게 써서
매일 칫솔로 도대체 뭐하냐고. 화장실 바닥 청소라도 했냐고 했잖
아! 하하하, 웃겨 죽겠다."

05
내가 간직한
제주

01

요정과 박쥐가 사는
숲

또다시 언니가 집으로 돌아가는 날이 되었다. 언니와 헤어지기 전, 송당리에 있는 풍림다방에 가기로 했다. 아침부터 서두른 덕에 풍림다방에 생각보다 일찍 도착했지만 어김없이 웨이팅. 한 시간이고 두 시간이고 맛만 있으면 대기 시간에 연연하지 않는 미식가인 언니에 반해 나는 뭐든 다 잘 먹는 개입에 가깝기 때문에 맛집이고 뭐고 웨이팅이 여간 괴로운 게 아니었다.

몇 년 전, 내가 언니와 처음으로 제주여행을 왔을 적에는 첫날부터 눈물 바람이었다. 우리는 아침부터 쫄쫄 굶은 채 제주도에 유명한 고기국수 맛집을 찾아갔다. 힘들게 고기국수집 앞에 도착했는데 웬걸. 줄이 끝도 없이 늘어져 있었다. 심지어 하늘은 천둥과 번개가 치고 비는 미친 듯이 쏟아부었다. 지금 당장이라도 입에 뭘 넣지 않으면 '픽'하고 쓰러질 것만 같았다. 물론 살면서 단 한 번도 쓰러진 적은 없지만. 더구나 옆집도 고기국수집, 그 옆, 옆집도 그 옆, 옆, 옆집도 모두 고기국수집이었다. 그러면 굳이 꼭 그 고기국수집에서 먹어야 할 이유가 없다고 생각했다. 어차피 한 번도 먹어보지 않은 고기국수라 맛집이 아니더라도 제주 어느 곳이든 우리에게는 다 첫 경험이라 의미 있다고 생각했는데 언니 생각은 달랐다. 힘들게 찾아갔는데 다른 집에서 고기국수를 먹는 건 의미가 없다고 했고, 난 그때부터 눈물이 줄줄. 첫 제주도 여행인데 이깟 국수 때문에 시작부터 언니와 싸우고 싶지는 않아서 아무 말도 하지 않았으나 눈에서는

닭똥 같은 눈물이 줄줄. 그때 먹은 눈물 젖은 고기국수 맛을 잊으래야 잊을 수가 없다.

　입구에서 사진 몇 장 찍다 보니 생각보다 금방 빈자리가 생겨 들어갈 수 있었다. 풍림다방은 돌담으로 귀엽게 자기만의 구역을 감싸 놓았다. 돌담 안쪽으로 들어가면 나무로 된 별장 느낌도 들면서 조용하고 차분한 느낌의 작은 카페가 있다. 녹음이 우거진 나무들도 이 카페의 초록초록한 싱그런 분위기에 한 몫 한다(현재 풍림다방은 다른 곳으로 이전하였다). 운 좋게 바 자리에 앉아, 고소한 커피향을 효하롭게 맡으며 바리스타 세 명이 커피 내리는 모습을 바로 앞에서 구경할 수 있었다. 분위기 있어 보이는 뿔테 안경을 쓰고, 청색 와이셔츠를 입은, 딱 봐도 커피 잘 만들게 생긴 남자 사장님이 직접 우리 커피를 정성스레 만들어 주었다. 이 집 시그니처 메뉴인 크림커피 풍림브레붸 한잔과 티라미수 한 개를 주문했다. 민트색 에크미 잔에 크림 가득 나온 풍림브레붸. 크림과 커피를 쭉 한 번에 들이켜 맛보면 왜 제주도에 오면 다들 풍림다방을 이렇게 찾는지 알 거다. 부드러운 크림은 적당히 달면서 쫀쫀하고, 어마어마한 풍미가 있는 커피까지 한입에 쏙 들어오면 그야말로 감동이다. 커피를 즐긴 후, 우리는 마지막 코스인 사려니 숲을 가기 위해 자리에서 일어났다.

그동안 주위에서 내 한 달 살이를 궁금해 하는 사람들이 많았다.

"오늘은 또 어딜 가?"

"오늘은 뭐 맛있는 거 먹었어?"

"내일은 또 어디 갈 거야?"

그러다 하루는 한 친구가,

"근데 니 지금 제주도에 산 지 한 달이 다 돼 가는데 숲이나 뭐 오름 같은 곳은 한 번도 안 갔나?"

맞다. 나는 저런 곳을 때려죽여도 혼자서는 절대 못 간다. 무서워서 싫다. 영화에서 보면 산이나 숲 같은 곳에서 쥐도 새도 모르게 사람이 죽어 나가지 않나. 내게 숲이나 산은 빤히 보이는 맑은 느낌보다 조금 비밀스럽기도 하고 음습하기도 한 느낌이 강하다. 내게 숲은 제주 한 달 살기의 마지막 관문이자 숙제였다. 그래서 언니가 집으로 돌아가기 전, 바로 이 제주 한 달 살기 숙제였던 숲을 같이 가보기로 했다. 풍림다방에서 차로 30분밖에 걸리지 않고 유명한 관광 코스인 사려니 숲. 사려니 숲 입구에 들어섰을 때 아침에 사장님이 했던 말이 다시 떠올랐다.

"오늘은 어디 가요?"

"저희 오늘 사려니 숲에 가려고요."

"네? 그 옷 입고요?"

그때 사장님의 말을 가볍게 넘기면 안됐다. 사려니 숲 입구에 도착하자 우리 둘만 딴 세상이었다. 나랑 언니만 빼고 다들 등산복에 등산화를 신고 걷고 있었다. 반면 우리는 둘 다 하늘하늘한 스커트에 위는 블라우스에 해변 모자까지 써 튀어도 너무 튀었다. 우리 자매만 바닷가에 놀러 온 것 같았다. 근처까지만 걷기로 하고 숲에 들어서니 내 예상이 맞았다. 숲이나 오름은 사진으로만 봐도 음산하고 눅눅하고 오묘하면서도 무서운 느낌이 살짝살짝 나곤 했는데, 실제로 보니 더 숲이 울창하고 기묘했다. '사려니'는 '신성한, 매혹적인'이라는 뜻을 가졌다고 하던데, 과연 그 말이 잘 어울렸다. 요컨대 요정과 박쥐가 함께 숨어 살고 있을 것 같은 신성하고 묘한 숲이었다. 안으로 걸어 들어가면 들어갈수록 한 번도 보지 못한, 키가 큰 나무들이 빽곡하게 줄지어 있었다. 그걸 가만히 보고 있으면 눈과 마음이 정화되는 기분이 들었다가도 또 무언가 경계하게 되는 느낌. 시끄럽게 울어대는 새소리도 좋았다. 다만 다음에도 혼자는 오지 못할 것 같았다. 나무 틈을 가만히 보고 있으면 그 사이로 뭔가 튀어나올 것 같은 다소 유치한 생각이 자꾸 들었다.

02
한여름에
온소바

전날 언니를 저녁 비행기로 보내고, 아침부터 마당에서 들리는 끙끙 앓는 소리에 나가봤더니 코지가 혼자 놀다 긴 나뭇가지에 목줄이 걸려 풀어달라고 울고 있었다. 그 모습이 사랑스러워 사장님과 한바탕 크게 웃었다.

"희정 씨, 혹시 소바 좋아해요?"

"네! 저 소바귀신이에요! 왜요?"

"아하하. 그럴 것 같았어요. 제가 좋아하는 소바 맛집이 있는데, 내일 시간 괜찮으면 점심이나 같이 할까요? 좋아할 것 같은 곳인데."

"네네. 내일 일정 아직 없었는데, 너무 좋아요."

우리는 그렇게 대화를 마친 후, 다음날 오전 12시 땡 하자마자 사장님 차를 타고 소바집 코토우라(현재 음식점은 폐업하고 민박집만

운영 중이다)로 갔다. 코토우라는 아주 조용하고 한적한 삼달리라는 동네에 있었다. 몇십 분 만에 완전히 딴 세상으로 들어온 기분이었다. 울창한 나무 사이로 일본 영화에서 보았을 법한 아늑한 일본식 가정집이 예쁘게 자리 잡고 있었는데, 아담한 마당에는 수려한 하늘색 수국이 여기저기 피어 있었다. 여기가 제주도가 맞나? 내가 일본에 온 게 아닌가? 착각하게 해 준 비밀스러운 곳. 이런 곳은 검색으로도 찾지 못했는데. 소바 맛을 보기도 전에 내 마음을 사로잡았다.

사장님이 예약해 둔 예약시간이 조금 남아 우리는 밖에 앉아 기다리기로 했다. 이 예쁜 곳에서 사진을 남기지 못한다면 후회할 것 같았다. 사장님이 옆에 있거나 말거나 주머니에서 주섬주섬 선글라스를 꺼내 쓴 후 삼각대도 조용히 설치하고 타이머를 켜 놓고 뛰어와 사진 몇 컷을 찍었다. 사장님은 멀찌감치 앉아 나를 보곤 겉으로는 해맑게 웃고 있었지만, 속으로는 '서거 뭣 하러 네려왔나?' 잠시 후회했을 것 같다. 사진 찍다 보니 알았다. 이날 옷 선택을 잘못했다는 것을. 가만있어도 숨이 헐떡거리고 얼음장 같은 물에 샤워한들 나오자마자 또 땀으로 샤워하고 마는 살인적인 더위에 나름 뽐낸다고 블랙 민소매 위에 아이보리 린넨 재킷을 꺼내 입었더니 재킷 안으로 땀이 줄줄 흐르고 난리도 아니었다. 남들 다리통만 한 팔뚝 덕분에 재킷을 벗어둘 수도 없는 노릇이고. 한여름에 민소매만 입고 다니는 게 어릴 적부터 소원이었는데, 서른이 넘어서도 아직 그 소

원을 이루지 못했다. 반백 살쯤 되면 재킷 한번 벗어 보는 날이 오려나. 다행히 땀에 흠뻑 젖어 아이보리 재킷이 카키로 물들어 가기 직전 우리가 입장할 시간이 되어 실내로 들어갔다.

실내 역시 깔끔한 일본식 가정집 같은 분위기였다. 우리는 일본 다다미식 테이블에 안내받아 자리에 앉았다. 앉은 자리에서 바로 정면을 보면 내 키보다 더 큰 창문을 뚫어 놔 정원이 한눈에 들어오는 명당자리였다. 조금 떨어진 곳에 한 테이블이 더 자리 잡고 있었다. 그곳에 남녀 손님 두 분이 마주 보고 앉아 조용히 식사 중이었다. 일본에 온 것 같아 감탄사만 몇 번을 내뱉었는지 모르겠다. 같이 온 촌놈 때문에 사장님은 집에 가고 싶었을지도 모르겠고.

이곳 메뉴는 카모소바(오리고기 육수와 완자가 들어간 메밀소바) 오직 한 가지뿐이다. 늘 차가운 냉소바만 먹어보았는데, 여기는 뜨거운 온소바만 된다고 했다. 한겨울에도 아이스를 더 즐기는 편이고, 심지어 날씨가 날씨인지라 냉소바가 아니라 조금 아쉬웠지만, 처음 먹어보는 온소바에 대한 기대도 컸다. 여기 소바집은 사장님 부부가 운영하는 곳인데, 아내분은 일본 사람이고 남편분은 한국 사람이다. 부럽다. 나도 한때 국제결혼에 대한 로망이 있었다. 다른 머리 색깔과 다른 눈동자를 가지고 다른 문화를 가진, 또 다른 언어를 쓰는 다른 나라에 사는 사람을 만나 서로를 알아가고 사랑에 빠진다는 것은 정말 영화 같고 근사한 일 같다. 지금도 외국 남자를 만나는

로망이 없는 건 아니지만, 한국에서라도 이제 제발 신랑 좀 만났으면 좋겠다. 태어났는지 모르겠다.

사장님과 조곤조곤 이야기를 나누다 보니 카모소바가 나왔다. 반달 모양의 검은색 트레이 위에 탱글탱글한 얇은 소바면, 생선초밥 2종, 오리육수로 보이는 뜨겁고 기름진 육수 국물이 수저와 함께 올려졌다. 힐긋힐긋 곁눈질로 사장님을 보며 따라 했다. 소바면을 들어 뜨거운 육수에 담갔다 빼 한입에 호로록. 난생처음 먹어보는 뜨거운 소바 맛. 마치 일품요리를 먹는 것처럼 아주 담백하고 맛있었다. 지금까지 소바는 차가운 게 진리라 생각하고 살아왔는데, 온소바를 먹는 내내 감탄만 했다. 내게 소바의 신세계를 열어주었다. 이날 이후 소바집을 찾을 때는 이따금 이날 먹은 소바가 떠올라 가끔 뜨거운 소바를 주문하곤 한다.

소바를 다 먹고 난 후 후식으로 귀여운 유자 맛 샤베트를 하나씩 내주었다. 상큼하고 사각사각 시원하게 씹히는 맛. 이것마저도 내 스타일이었다. 맛이며, 분위기며, 함께 한 사람이며, 백 점짜리 식사였다. 이렇게 귀하고 좋은 곳에 나를 데리고 와준 것만으로도 감사한 일인데, 게스트하우스 사장님이 소바를 사겠다고 했다. 아니라고, 절대 그럴 수는 없다고 손사래를 쳤지만, 사장님은 꼭 내게 밥 한 끼 사주고 싶었다며 계산했다. 감사해 몸 둘 바를 몰랐고, 어떻게 이 고마움을 표현하고 다 돌려주고 돌아가야 할지 몰랐다.

몇 년 전부터 꾸준히 인간관계에 대한 고민이 많았다. 그렇다고 진지하게 한 것은 아니고, 남들 다 하는 가벼운 고민 정도. 어른이 되면 인간관계가 저절로 쉬워지는 줄 알았다. 나는 주위 사람에게 내가 10을 잘하면 10은 아니더라도 상대방도 5 정도는 해 주었으면 했다. 그런데 10을 받고도 고마운 줄 모르는 사람이 있고, 어느 날 보니 나는 10을 주는 게 당연한 사람이 되어 있었다. 그러면서도 늘 돌아오는 건 2, 3 정도였던 것 같고. 그럴수록 내 마음도 점점 상처 받고 닫혔다. 고민 끝에 내린 결론은 내가 상처받기 싫으면 상대방에게 더이상 바라지 말고 10에서 7, 5, 3으로 줄이자 생각했다. 물론 똑같이 받으려고 상대에게 잘 해주는 것은 아니지만, 내게 사람관계란 서로가 함께 예의를 지키고, 배려하고, 함께 선한 마음을 나눌 줄 알아야 좋은 관계가 오래 지속된다고 생각했다. 엄마는 늘 이런 내게 상대방에게 주고 돌려받으려고 하지 말라 했지만 내 성격상 쉽지 않았다. 어렸을 적부터 나는 작은 선행을 베풀더라도 누군가 알아주었으면 했다. 학교에 일찍 가 창문 열고 화분에 물을 주더라도 그랬고, 길 가다 쓰레기를 하나 줍더라도 선생님이 알아주었으면 했다. 오른손이 하는 일을 왼손뿐만 아니라 오른발에 왼발가락까지 모두가 알았으면 했다. 이게 내 솔직한 마음이다. 선행을 한 걸 알아주길 바라는 마음이 꼭 나쁜 것이라 생각하지 않는다. 남모르게 한 기부만이 좋은 뜻에서 한 기부라고 생각하지 않고, 남들 다 알게 한 기부

도 똑같이 의미있다고 생각한다. 그러니 내 10을 받은 그들도 내 10이 원래부터 당연한 10이 아니라 나의 노력으로 온 귀한 10이니 나를 귀하게 대해줬으면 했다. 나는 내게 귀한 존재인데 나를 하찮게 여기는 사람을 보면 화가 나 참을 수 없었고, 화가 난 내 모습을 보고 있으면 그것 또한 마음에 들지 않았다. 이런 내 마음을 사장님이 어루만져주는 기분이 들었다. 한없이 잘 해주는 게 아니라 툭툭 던지는 말 한마디 행동 하나하나가 진실 되고, 따뜻하고, 좋은 어른 같았다.

사장님은 게스트하우스로 돌아가 청소를 마저 해야 한다고 표선 해변에 나를 내려주시고, 먼저 집으로 돌아가셨다. 해변에 걸터앉아 이런저런 생각을 하다 보니 집으로 돌아갈 날이 일주일도 채 남지 않았다는 사실에 놀라웠다.

공천포

제주에 머물 날이 이제 겨우 이틀 남았다. 이날만은 버스에서 왕복 2, 3시간을 보내면서 아까운 시간을 공중에 버리고 싶지 않았다. 해서 근처 어디를 가볼까 하다 게스트하우스 사장님이 저번부터 추천해 준 공천포에 있는 카페가 생각났다. 한 달 살이 하러 온 지 며칠 지나지 않았을 때부터 추천해 주었던 곳인데, 딱히 구미가 당기지는 않아 미루고 미루다 가지 못했던 곳.

버스에서 내려 마을 쪽으로 걸어 들어가는데 개미 한 마리도 없었다. 제주도는 내가 나타났다 하면 소문이 나는 건지, 조용한 동네만 내가 찾아가는 건지 항상 조용했다. 인기척이라곤 전혀 없는 길. 이런저런 생각을 하며 조용한 동네를 걷다 보니 사장님이 추천해 준 '카페 숑'이 보였다. 공천포 바다가 한눈에 내려다 보이는, 상아색 페

인트로 투박하게 쓱 발라져 있는 직사각형 모양의 작은 카페. 녹슨 자전거 한 대가 문 앞에 놓여 있고, 늙늙해 보이는 녹슨 의자 두 개가 나란히 바다 쪽을 보고 놓여 있었다.

조심스럽게 나무문을 열었는데, 끼이익 소리가 컸다. 들어간 카페에는 약간 곱슬곱슬한 머리카락에 브라운 칼라의 반팔 티셔츠를 입은 훈훈한 얼굴의 남자 사장님이 있었다. 손님은 안쪽자리에 앉은 둘뿐이었다. 바다를 바라보고 앉을 수 있는 주방 바로 앞 큰 테이블에 한 자리 잡았다. 메뉴 또한 게스트하우스 사장님이 추천해 준 '초코초콜렛'으로 주문하기로 했다. 여기는 특이하게 초콜릿 음료가 단계별로 표시되어 있는데, 달달한 게 당길 때는 '초콜렛', 완전 달달하게 마시고 싶으면 '초코초콜렛', 단 거 먹고 죽어버리고 싶을 때는 '초코초코초콜렛'을 마시면 된다. 평소 초콜릿을 좋아하지만 초콜릿 음료를 잘 시켜 먹지 않았다. 커피를 더 좋아하는 편이기도 하고, 초콜릿은 네모난 초콜릿일 때 꽁꽁 얼려 조금씩 부셔 먹는 게 좋았다. 게스트하우스 사장님이 친절하게 추천해 주신 거니까 믿고 주문한 아이스 초코초콜렛을 한입 쭉 들이키자마자 동공 지진. 내가 좋아하는 벨지안 초콜릿을 사용해서 그런건지 고급진 초콜릿 맛이 느껴졌다. 흔한 코코아 가루나 싸구려 시럽 따위를 쓴 가벼운 느낌의 초콜릿 맛이 아니라 묵직한 초콜릿 맛이라 기분 좋은 단맛이었다. 게스트하우스 사장님이 왜 이 초콜릿 음료를 내게 추천해 주었는지 알 것 같았고,

내 입맛을 너무 잘 알고 있는 사장님이 이제 무서울 지경이었다.

카페에서 흘러나오는 잔잔한 루시드 폴의 음악을 들으며 창밖으로 펼쳐지는 공천포 바다를 한참 바라보고 있는데, 저 멀리 바다 끝 무언가 보였다. 작은 언덕이라고 해야 할까, 무인도라고 해야 할까? 《어린 왕자》에 나오는 '코끼리를 삼킨 보아 뱀' 모양과 닮았다. 사실 이 책은 읽어본 적 없어 줄거리는 모르지만 하도 예능에서 떠들어대 이 모양을 사진으로 본 적이 있는데 똑같았다. 신기했다. 갑자기 떠올라 책을 한 번쯤 읽어봐야겠다는 생각을 잠시 했다. 몇 시간이 훌쩍 지났다. 화장실만 들렀다 가려고 카페에서 나왔다. 여기 사장님이 분명히 "나가면 화살표가 있는데, 화살표 따라가면 화장실 바로 보여요."라고 말했는데, 아무리 찾아도 화살표가 없었다. 반대쪽인데 내가 길을 잘못 왔나 하고 돌아서려는데, 눈앞에 500원짜리 동전만 한 빨간색 화살표가 작게 그려져 있는 게 아닌가. 화살표가 어찌나 큰지.

'하마터면 옷에 쌀 뻔했어요, 사장님. 하하하.'

늦은 점심은 카페 근처 파스타집인 '요네주방'이라는 곳으로 갔다. 외관에서부터 뿜어져 나오는 소담하고 빈티지한 가정집을 모티브로 한 것 같은 밥집. 초등학생 때나 앉아 보았을 법한 추억 속의 초록색 책걸상 한 개가 입구에 놓여 있는 것도 감성적이었다. 문을 열

고 들어선 순간 동화 《헨젤과 그레텔》에 나오는 집 속에 빨려들어 온 느낌을 받았다. 바다를 코앞에서 볼 수 있도록 창가에 놓인 2인 바 테이블 한 개와 여덟 명 정도 앉을 수 있는 큰 테이블 한 개. 테이블 이 고작 두 개뿐인 아기자기함의 끝을 보여주는 곳. 바닥은 알록달록 화장실 타일을 박아두었고, 벽에는 군데군데 손 그림이 채워져 있었 다. 낮은 천장에 매달려 있는 각기 다른 조명도 이 밥집의 분위기를 돋우는 데 한몫했다. 바닥 한쪽에는 자그마한 화분이 모여 있어 소인 국 사람들의 작은 숲 같은 느낌이 들었다. 안쪽에는 사장님이 요리하 는 주방이 보이고, 또 다른 한쪽에는 다양한 수제 소품들, 빈티지 옷, 엽서 등 볼거리가 굉장했다. 신기한 건 이 작은 공간에 어찌 이리 많 은 것을 담고 있을 수 있으며, 그러면서도 답답하거나 난잡한 느낌이 전혀 들지 않을 수 있는지. 이곳을 들리지 않고 한 달 살기를 마무리 했다면 섭섭할 뻔했다. 무엇보다 더 좋았던 건 공천포답게 요란하지 않고 조용하고 평화로웠다는 것이다. 이곳이 관광지에 자리 잡고 있 었다면 안은 물론이고 밖에서도 웨이팅한다고 줄을 어마어마하게 서 있었을 게 분명하다. 공천포에 있어줘서 다행이다.

여기는 메뉴가 단 세 개뿐이다. 밥말리 파스타와 명랑한 크림 파 스타, 그리고 달매콩 커리. 그 중에서도 나는 오일 파스타가 먹고 싶 어 베이컨, 가지. 느타리버섯이 들어간 밥말리 파스타로 주문했다.

곧 주문한 파스타와 수제 피클이 함께 나왔다. 아니, 오일 파스타가 뭐 이렇게나 예쁜지. 예술을 해 놓았다. 먹는 내내 감탄했다. 같이 온 사람이 없어 속상할 정도로 간이 진하지 않고 담백하면서도 매콤한 맛이 툭 치고 올라오는 고소한 맛의 오일 파스타. 여기를 왜 이제야 왔는지. 소리 없이 금방 먹어 치웠다. 먹고나니 다 좋은데 양이 좀 아쉬웠다. 나는 질보다 늘 양이 먼저인 사람이라 한 메뉴를 더 주문하고 싶었으나 욕심을 접었다. 테이블도 두 개뿐이고 조용한 공천포에 이리 예쁜 밥집을 차린 것을 보면 사장님이 돈 욕심이 없는 분은 아닐까 생각해 보았다. 이랬는데 알고 보면 대한민국 손꼽히는 부자일지도.

공천포 바다를 따라 천천히 좀 걷다가 게스트하우스로 돌아가야지 하고 밥집에서 나왔는데, 어후!

'이게 도대체 뭐지? 내가 방금 뭘 본 거지?'

좀 더 걷고 나발이고 당장 숙소로 돌아가서 샤워하고 옷부터 몽땅 다 빨아야겠다는 생각밖에 없었다. 제주도에 살고 싶다는 생각을 하다가도 이렇게 듣도 보도 못한 제주벌레 공격을 당하면 이런 생각이 싹 가시고 당장 마산으로 돌아가고 싶은 생각뿐이다.

04

굿바이
하마다

하룻밤만 자면 사랑하는 가족이 있는 집으로 돌아간다. 마냥 좋을 거라고만 생각했는데 생각보다 기분이 얄궂다. 제주도에서 한 달을 혼자 지내다 보면 많은 것이 바뀌어 있고 많은 것이 성장하리라 생각했는데 덩치만 더 커지고 내면적으로 달라진 게 없는 것 같아 이대로 돌아가도 괜찮은 걸까 혼란스러웠다. 마지막 밤이라 저녁은 게스트하우스에서 먹기로 했다. 게스트하우스에서 먹어본 메뉴가 다 맛있었기에 마지막 메뉴로 뭘 먹어야 잘 먹었다고 소문이 날지 한참 고민했다.

"사장님, 혹시 메뉴 두 가지 주문하면 사장님이 너무 힘드시겠죠?"

물으나 마나 한 질문을 했고,

"네? 아니 뭐 저야 두 개를 하든 하나를 하든 힘든 건 똑같아요. 그런데 두 가지를 다 드실 수 있겠어요? 양이 많을 텐데. 괜찮겠어요?"

"네네! 저 다 먹을 수 있어요."

사장님은 고개를 절레절레 흔들며 어이없어했지만, 마지막 날이라 선뜻 해 주겠다고 하셨다.

마지막 만찬으로 매콤한 깻잎떡볶이와 야키소바를 골랐다. 생각 같아서는 밥 종류를 한 가지 더 추가하고 싶었으나 양심상 두 가지만 주문했다. 저녁 주문을 한 민박 손님은 나뿐이었지만, 사장님은 내 저녁 메뉴를 두 가지나 해주느라 주방에서 거의 나오지 못했다.

잠시 후, 깻잎떡볶이가 먼저 나왔다. 맛은 말해 뭐하나. 떡볶이도 꼭 매운맛만 먹는데, 사장님이 내 입맛을 알고 땀이 삘삘 흐르는 맛으로 준비해 준 깻잎떡볶이. 이 떡볶이가 지금도 가끔 생각난다. 떡볶이를 다 먹어갈 때쯤에 맞춰 사장님이 야키소바를 가지고 나왔는데, 흠칫 놀란 표정이었다.

"어머! 그걸 벌써 다 드셨어요?"

"하하하. 네. 너무 맛있어서. 딱 맞춰 야키소바가 나왔네요."

"떡볶이 양이 2.5인분이라 많았을 텐데. 그걸 어떻게 다!"

말을 끝까지 잇지 못하곤 서로가 멋쩍은 웃음만 지었다. 사장님은 뭐든 잘 먹는 내 모습이 좋고 이렇게나 잘 먹어주는 내가 돌아간다니 섭섭하다고 했다. 내가 잘 먹는 걸 칭찬해 준 사람은 친할머니와 우리 아빠 이후로 처음이다. 마산 집으로 돌아간 후 사장님은 이 깻잎떡볶이를 팔아본 첫 손님이라고 내 닉네임을 따 떡볶이 메뉴의 이름을 '심짱분식'이라고 불러도 되겠느냐고 했다. 당연히 좋다고 했다. 들떴다. 제주도에 내 닉네임으로 된 메뉴가 생기다니! 누가 들으면 오버라 생각할지도 모르지만, 제주도에 내 이름으로 된 땅이 생긴 것 같은 기분이랄까. 깻잎떡볶이 2.5인분에 야키소바까지 먹고 물 한 컵까지 마셔 터질 것 같은 몸으로 뒤뚱뒤뚱 방으로 갔다. 모든 짐을 하나씩 하나씩 처음에 제주도를 찾았을 때처럼 캐리어 하나와 배낭 하나에 채워 넣기 시작했다. 분명히 언니가 집으로 돌아갈 때

많이 입은 옷 몇 벌에 선글라스 몇 개에 고데기까지 챙겨 보내고, 혹시 몰라 많이 사 둔 생리대도 같이 보냈는데도 무슨 짐이 아직도 이렇게나 많은지. 가방 두 개도 모자라 봉지 몇 개를 손에 따로 또 쥐어야 했다.

짐을 정리하는 데 한 시간 넘게 걸렸다.

잘 시간이지만 마지막 밤이라 아쉬워 일기나 써 볼 심산으로 식당으로 갔다. 한참 일기를 쓰고 있는데 사장님이 다가오더니 섭지를 먼저 산책시키고 오겠다고, 여기서 코지와 같이 좀 있어줄 수 있느냐고 했다. 게스트하우스 사장님은 하루에 한 마리씩 각 대여섯 번을 따로 산책 시킨다. 그래서인지 개들이 딱히 스트레스도 없는 것 같고 으르렁거리지도 않았다. 두 마리를 한꺼번에 밖에 데리고 나가면 사장님 혼자 케어할 수 없어서 한 마리씩 따로따로 산책시킨다고 했다. 사장님의 체력도 대단하고, 사장님의 개 사랑도 대단하다. 부탁을 받았으니 책임감이 불타올랐고, 코지 옆에 앉아 코지 등을 긁으며 일기를 써 내려갔다. 그런데 사장님과 섭지가 나간 지 5분도 채 되지 않아 코지가 창밖을 보며 갑자기 짖기 시작하는 거다. 코지가 이렇게 무섭게 짖는 것도 처음 보았고, 도무지 어찌해야 할지 몰랐다.

"그만해, 코지야."

"왜 이러는데?"

몇 번 코지에게 조심히 말을 걸어 보았으나 소용없이 "왈왈!" 짖어댔다. 여기 있다가는 괜히 물어뜯길까 봐 겁났다. 일단 내 방으로 냅다 도망갔다. 방에 들어가 문에 귀를 갖다 대도 여전히 코지는 흥분하며 짖고 있었다. 무섭기도 무섭고, 사장님과의 약속도 어긴 거라 찜찜해 사장님에게 전화를 걸었다.

　"사장님! 사장님이 나간 이후로 코지가 계속 짖어대요. 아직도 짖고 있고 너무 무서워서 일단 방으로 도망쳐 왔는데."

　"아, 그래요? 그럼 다시 가볼래요? 가서 괜찮다고 말해주면 되는데."

　"네? 코지가 너무 짖는데……."

　"괜찮아요. 무서워서 코지가 그런 거니까. 가서 괜찮다고 말해주고 앉으라고 하고 쓰다듬어주면 괜찮아질 거예요. 저도 곧 돌아갈게요."

　처음 하마다에 왔을 때 개에 대한 공포가 다시 스멀스멀 올라오는 것 같았다. 이대로 피하고 집으로 돌아간다면 개에 대한 공포를 결국 극복하지 못한 사람이 될 것 같았다. 물론 지금도 계속해서 짖어대는 코지가 두려웠지만, 한 달간 코지와 나눈 정이 있으니 코지를 믿고 사장님을 믿고 다시 방문을 열어 식당으로 갔다. 비장하다 비장해. 여전히 무섭게 짖어대는 코지. 코지 옆으로 가 조심히 의자를 꺼내 앉아 코지의 등을 쓰다듬으며 떨리는 목소리로 말했다.

"어. 저기. 코지야. 엄마 금방 온대. 앉아. 괜찮아. 다 괜찮아 코지야. 엄마 온다."

놀랍게도 내 말을 알아들은 것처럼 코지는 점점 수그러들었고 믿을 수 없게 눈빛이 평소의 코지처럼 편하게 변하더니 앉다 못해 엎드리기까지 했다. 사장님이 시키는 대로 했더니 원래의 순둥이 코지로 돌아왔다. 그런 코지를 보자 머쓱해졌다. 몇 분 전에 짖는 코지를 보고 의심하고 무서워 방으로 혼자 도망친 내 모습이 부끄럽고 미안했다. 내가 원래 의리가 없는 편인 건 알고 있었지만, 또 한 번 내 단점을 확인해 실망스러웠다.

"코지야, 아까 미안. 니 혼자 두고 방으로 도망가서. 니가 짖어대니까 무섭더라고. 미안해. 그리고 내 내일 집으로 돌아간다. 코지야. 그동안 고마웠어. 정말로."

진심으로 사과했고 코지와 작별인사도 마쳤다. 사과 하나는 누구보다 또 빠르게 잘하는 편이다. 코지는 내가 떠나는 걸 아는지 모르는지 그대로 엎드려 있었다.

곧 사장님과 섭지가 게스트하우스로 돌아왔고, 이번에는 섭지를 두고 코지와 함께 산책하러 갔다. 전화로 난리를 떨어서인지 사장님은 "혹시 피곤하면 섭지는 두고 방에 자러 들어가도 괜찮아요."라고 했다. 또 한 번 머쓱해진 기분. 그렇지만 코지와도 작별인사를 나

누웠으니 이번에는 섭지와도 단둘이 작별의 시간을 가지고 싶었기에 괜찮다고 말씀드리며 사장님과 코지를 배웅했다. 섭지는 앉아 창밖을 보고 있고, 나는 그 옆에서 게스트하우스에서 흘러나오는 제목 모를 음악에 맞춰 춤을 추었다. 제주살이 한 달간 내 마음속 보호자였던 하마다 사장님, 나의 동물 첫 친구들이자 든든했던 내 마음속 보디가드 우리 코지와 섭지. 그동안 정말 고마웠어. 모두들 건강하게 잘 지내요.

안녕, 나의 하마다 식구들.

05
___
뜻하지 않은 마중
그리고

새벽에 몇 번을 잠에서 깼는지 모른다. 조식 먹기 전 가방을 열었다 닫았다 혹시 두고 가는 건 없는지 몇 번을 확인하고서야 집으로 돌아갈 모든 준비를 마쳤다. 처음 하마다를 오던 날처럼 사장님은 우리가 처음 만났던 그 버스정류장까지 차로 데려다주겠다고 했다. 코지, 섭지와 셋이 함께 있는 마지막 사진도 사장님이 남겨주었다. 아쉬운 발걸음을 뒤로 한 채 공항으로 가기 위해 사장님 차를 탔다. 일부러 드라이브 겸 해안도로 쪽으로 둘러 가는데, 창밖으로 내다보이는 하늘이 참 새파랗게 맑았다. 그 하늘 아래 멋지고 우람한 산도 보여 신이 났다.

"우와. 저것 좀 보세요, 사장님! 너무 멋지다 저 산. 그림이다, 그림이야. 제주도는 평범한 산도 다 예쁜 것 같아요. 그죠?"

내 말이 끝나기 무섭게 사장님이 황당한 표정을 지어 보였다.

"저거 한라산이잖아요. 설마 지금까지 몰랐어요?"

"에? 저게 한라산이었어요?"

"어머. 어떻게 지금까지 모를 수 있지? 매일 여기 다니면서 한라산이 보였을 텐데 못 봤어요, 정말?"

"네. 뭐 그냥 산인 줄 알았죠. 다 똑같은 산 같아서 하하하. 한라산도 한 번 못 보고 가는 줄 알았는데 매일 한라산을 보고 있었다니, 하하하."

반전이다. 한 달 살기 마지막 날에야 매일 보던 산이 한라산인 줄 안 바보가 나다. 매일 한라산과 함께였는데 한라산도 한 번 못 보고 돌아가는 줄 알고 서운했다. 이 사실을 모르고 갔으면 어쩔 뻔했나. 지금이라도 알아 운이 좋다고 생각했는데, 사장님은 이런 나를 보며 지금까지 참고 참았던 말을 입 밖으로 내뱉고 말았다.

"진짜 이상한 아이야."

절레절레하던 사장님 표정도 어찌나 웃기던지 나는 또 자지러졌고, 그 덕에 사장님과 마지막에 한바탕 크게 웃으며 우리가 처음 만났던 정류장에 도착할 수 있었다. 분명 담백하게 인사하고 헤어질 수 있을 거라고 생각했는데 막상 마지막 작별 인사를 하며 악수하는 순간 눈앞이 어룽어룽해지더니 생각하지 못한 순간에 눈물이 툭 하고 떨어졌다. 본래의 내 자리로 돌아가는 거라 생각만 했지 이 순간도 이별이라는 생각은 하지 못하고 있었는데, 이제야 이별이 실감이 났다. 하마다 식구와의 이별. 제주도와의 이별. 때마침 730번 버스가 왔다. 더이상 울 틈도 없이 부랴부랴 버스에 큰 캐리어와 배낭을 들쳐 업고 뛰어올랐다. 멋있는 말을 하며 어른스러운 작별을 꿈꾸었는데 버스가 기다려주지 않아 사장님에게 버릇없이 손만 흔들다 버스를 탔지 뭔가. 그런데 만약 730번 버스가 이 순간 오지 않았더라면 볼꼴이란 볼꼴은 다 보여주며 사장님 앞에서 대성통곡했을지도 모른다. 나는 안다. 730번 버스가 타이밍이 좋았다.

한 달 만에 다시 만난 제주공항이 퍽 반가워 들뜨고 신난 기분으로
엄마에게 전화를 걸었다. 짐도 많고 체력도 바닥이라 김해공항까지
데리러 와달라고 응석을 부렸지만 돌아온 엄마의 대답은 단호했다.

"그냥 와. 리무진이 다 데려다주는데 뭐. 엄마 피곤하네. 마산역
에 내려서 택시 타고 와. 알았지 딸?"

공항은커녕 공항리무진 타고 마산역까지 가서도 혼자 택시 타고
집으로 오라니. 적어도 역까지는 데리러 와달라고 엄마에게 며칠 전
부터 그렇게 얘기했는데. 한 달 만에 보는 건데 엄마답지 않은 무뚝
뚝함에 서러웠다.

'아 됐다 됐어! 울지 말자. 애처럼 굴지 말자고, 심희정. 세상 혼

자 사는 거지 무슨 기대를 하고 있노. 됐다. 혼자서도 잘 살아지던데 뭐! 돌아가서도 가족에게 기대하지 말자. 뭐 가족들 없으면 내가 못 살 줄 아나! 됐다고 됐어! 혼자 간다고. 가!'

속으로 모질게 내뱉었으나 눈물은 통통한 뺨을 타고 줄줄 흘러내렸다. 서러웠다. 내가 알던 엄마가 아니었다. 엄마는 늘 다정했다. 늘 내 편이었고, 지금까지 나를 아기처럼 대해 주었다. 한심스러운 소리를 해도 내 편에 있었고, 늘 웃어주었고, 엄마보다 내 몸이 우선인 사람.

"엄마! 쫌! 내 몸 챙기지 말고 엄마 몸이나 좀 챙겨라, 제발. 알겠제? 엄마가 우선이다 알제?"

항상 엄마에게 입버릇처럼 말했는데 막상 내 몸보다 엄마가 엄마 몸을 챙기는 모습을 보고 이리 서러워하다니. 이기적이고 못된 끔찍한 딸이다. 이 순간에는 떨어져 있는 동안 엄마의 마음이 변했단 사실에 스무 살에 군대 간 애인에게 이별 통보를 받은 기분까지 들었다.

더이상 이 멋진 기분을 망치고 싶지 않아 꾹 참고 비행기에 올랐다. 비행기는 금방 김해공항에 도착했고, 나는 리무진까지 타고 나서야 몇 시간 만에 마산 역에 도착했다. 리무진에서 내려 택시를 타러 가려고 짐을 낑낑 이고 걸어가는데, 저 멀리에서 많이 본 사람이 웃으면서 걸어오고 있었다.

'언니다!'

언니가 마산역에 마중 나와 있었다. 처음 몇 초는 반갑고 기뻐 좋았는데 어딘가 이상했다.

"어? 언니야, 회사는?"

"아. 안 갔다. 니 데리러 오려고."

나를 데리러 오려고 회사를 안갔다니. 뭔가 이상했다.

"아. 근데 엄마는? 엄마는 뭐하고 언니가 왔어?"

"아. 그. 엄마. 병원에 입원했어."

겁 많고 소심한
희정이도 살았습니다

'병원이라니?'

'입원이라니?'

'병원'이라는 단어가 귀에 꽂힌 순간부터 온몸은 떨리고 다리는 녹아내릴 것 같았다. 무엇보다도 엄마가 보고 싶어 미칠 것만 같아서 역에서 당장 엄마한테 가자고 네 살 어린아이처럼 고함을 쳤다. 언니는 흥분하는 나를 붙들고, 엄마 몸은 이제 괜찮다고 차근차근 설명해 나갔다. 며칠 전부터 엄마 기침이 심해 병원에 갔더니 폐렴이라 입원한 거고, 이제 거의 회복하고 있다고 했다. 일단 집에 들렀다가 짐을 풀고 엄마를 보러 가자고 우는 나를 달랬고, 그럼에도 나는 여전히 흥분이 가라앉지 않았다. 엄마에게 너무 미안해 눈물이 멈추지 않았다. 가족 모두가 내게는 알리지 않는 게 좋겠다고 생각

했단다. 분명 엄마가 입원했다는 사실을 내가 알면 그날 바로 비행기 타고 울면서 돌아올 게 뻔하고, 그러면 내 여행을 망칠 거라고 아무 말도 하지 않기로 했다고. 내가 나 혼자서 살아보겠다고 제주도로 날아 간 사이 가족들이 겪었을 힘든 시간이 떠올라 가족 모두에게 미안했다. 요 며칠 엄마와 언니와 통화가 잘 안 되었던 것도 이제야 이해가 갔다.

그토록 그리웠던 집에 도착했지만 둘러볼 틈도 없이 짐을 풀고 대충 씻고 15분 만에 준비를 마쳐 병원에 가 엄마를 만났다. 환자복을 입고 있는 엄마를 보는 순간 미안함과 동시에 눈물이 또 터졌다. 엄마에게 안겨 어린아이처럼 매달려 울면서 그간 왜 말하지 않았느냐고, 그런 줄도 모르고 요즘 통 무심해 보였던 엄마에게 섭섭해 하고 짜증내고 화내서 미안하다고, 내가 다 잘못했다고 사과했다. 엄마는 되려 나에게 울지 말라고, 데리러 간다고 약속해 놓고 못 나가서 미안하다고 사과했다. 이 순간 이 말이 가장 아프게 들렸다.

엄마가 병원에 있는 며칠 동안 내 일상은 제주도에서 지낸 한 달이 마치 꿈이었던 것처럼 전혀 다른 나날을 보냈다. 치워도 티도 나지 않는 집 청소에 가족들 빨래 돌리기, 빨래 다리기, 운동화 빨기, 장보기, 아빠 아침밥 저녁밥 차리기, 물고기 밥 주기, 화분에 물 주기, 쓰레기 분리수거하기, 음식물쓰레기 비우기, 엄마 병문안 다녀오기······. 놀랍게도 이 모든 것이 지금껏 엄마 혼자 해 오던 일이었다.

내가 제주도에서 집으로 돌아온 지 일주일 후에야 엄마가 퇴원했고 가족들은 다시 일상을 찾았다. 나도 그제야 제주도에서 찍은 사진을 꺼내 보기 시작했다. 꿈같던 제주에서의 한 달. 혼자 가볍게 일기처럼 쓰던 블로그에 제주살이 이야기를 재미 삼아 하나씩 짧게 포스팅하기 시작했다. 이 글이 인기가 많아져 네이버 메인에 걸리는 날도 있었고 하루에 몇천 명이 내 글을 읽어주었다. 믿을 수 없었고 너무도 기뻤다. 'ㅋㅋ'을 수시로 넣어가며 별생각 없이 쓴 아주 가벼운 여행 글이라 생각하지도 못한 반응이었다. 사람들이 내 글을 읽고 댓글을 달거나 쪽지나 메일을 보내주기도 했다. 어떤 사람들은 쫄보인 나를 용감하다고 말해 주었고, 또 어떤 이들은 나를 대단하다, 멋지다고 했다. 한 달 살기를 해 보고 싶었는데, 글을 읽고 힘이 되고 도움이 된다고 말해 주었으며, 또 어떤 이들은 내 이야기가 재미있어 웃겨 죽을 뻔했다고 말해 주었다. 내가 쓴 글을 누군가에게 보여준 적도, 누군가가 읽어준 적도 처음이었고, 이런 피드백을 받은 적도 태어나 처음이었다. 구름을 밟고 있는 몽글몽글한 기분이었다. 내 입으로 이런 말 적기 부끄럽지만, 필력이 좋다던 사람도 그중 몇 명이 있다. 필력이 좋다는 말은 살다 살다 내 처음 들어보았다. 오래 살고 볼 일이다. 위대하고 멋진 모험 여행기도 아니고, 소소하고 찌질했던 내 제주 한 달 살이 여행 이야기가 누군가에게는 큰 힘이 되고, 또 누군가에게 도움이 될 수 있고, 다른 이에게는 즐거움을

줄 수 있다니 놀라웠다. 그러다 느닷없이 떠올랐다.

'한 달 살이 내 이야기를 책으로 만들고 싶다.'

그간 살아오면서 글을 쓰는 사람은 따로 있는 것 같아 버킷리스트에도 누가 볼까 싶어 '책 쓰고 작가 되기'라는 글을 아주 작게 적어두곤 아무도 보여주지 않았던 나만의 오랜 꿈. 미루고 미뤄두었던 일인데, 제주도를 다녀온 후로 현실이 된 거다. 세상에 나처럼 겁이 많은 쫄보들이 무수히 많다는 사실에 놀라웠다. 그 쫄보들에게 쫄보 끝판대장 같은 나도 즐겁게 해냈으니, 그대들은 발가락으로도 할 수 있는 일이라 말해주고 싶었다.

겁 많고 소심한 희정이도 살았습니다.

오롯이 혼자만의 시간이 필요했다. 혼자 생각하고 싶었고, 글도 쓰고 싶었다. 무엇보다 항상 가족들에게 기생하며 살던 나를 바꾸고 싶었다. 어떤 일이 닥쳐도 누군가에게 기대지 않고 책임감 있게 혼자 해결해 나가는 어른다운 어른이 되고 싶어 서른한 살이 되어서야 처음으로 가족의 품을 벗어났다. 무작정 혼자 짐을 싸 제주도로 떠났다. 막연히 한 번쯤 제주도에서 한 달 살아보고 싶다고 생각했던 그 일이 현실이 되고 그렇게 한 달을 제주도에서 살았다. 제주도 한 달 살기가 어떤 이에게는 특별하지도 큰 도전도 아닐지 모르겠다. 겁이 유치원생 수준으로 많았던 내게는 이 한 달은 여행이기보다 하루하루가 미션 임파서블 같았다. 짐 싸서 집으로 돌아가고 싶던 순간도 있었고, 제주도에서 흐르는 시간이 아까워 붙잡고 싶은 순간도 있었다. 그동안 2박 3일이나 3박 4일 여행으로만 만난 제주와는 또 다른 제주를 보았다.

이 책은 용감한 여행자가 경험한 대단한 모험담이 아니다. 내가 직접 발로 뛰고 경험한 어떠한 가치와도 환산할 수 없는 쫄보다운 나만의 경험을 이야기한 나의 고백 일기장과 같다. 그만큼 삶의 경험치를 얻었다고 말할 수 있다. 하루하루가 생각한 대로 흘러가 주지 않아 더 좋았던 제주에서 한 달 살기. 나는 여전히 주위 사람에게 여행은 꼭 가야 한다고 추천하지 않는다. 사람마다 성격이 다르듯 취향도 다르니까. 모험하는 여행이 즐겁고 맞는 사람이 있는가 하면, 편안히 쉬면서 몸과 마음을 보양하는 휴양이 맞는 사람이 있고, 관광이 맞는 사람도 있고, 집 밖을 나가지 않고 집 안에서 취미 생활을 하고 사는 게 더 즐겁고 맞는 사람도 있다. 우리 삶에 정답이 없다지만, 어떤 방향을 택하더라도 자신의 선택에 후회가 없으면 그게 정답이라고 생각한다. 나는 내 선택에 후회 없이 살아가고 싶다. 제주도에서 한 달 살아보는 게 후회가 없을 것 같아 택했고 그 선택이 옳았다. 지금도 여전히 버킷리스트를 해 나갈 때마다 매 순간 두렵지만 그걸 하나씩 해 나가는 내 모습이 이제 마음에 든다. 울어도 좋고 웃어도 좋다. 내가 하고 싶은 것을 해 나가는 삶에 귀한 경험치 하나하나가 쌓이는 걸 느낄 때마다 진정 행복해진다. 더는 남 눈치 보지 않고, 핑계 대지 않고, 내 삶을 용감하게 살아가기로 했다.

나는 제주도 한 달 살이 이후로 그토록 꿈꾸었던 일본 교토 한 달 살기를 하러 또 떠났고, 지금은 또 다른 곳으로 떠날 계획 중이다.

만약 서른한 살에 제주도에서 한 달을 혼자 살아보지 않았더라면 나는 아직도 버킷리스트에 많은 것을 빨간 펜으로 지우지 못하고, 하지 못하는 것에 핑계를 대며 살아가고 있었을 것이다. 내게 제주도에서의 한 달은 기적과 같았다.

이 책을 읽는 모든 쫄보에게 도토리만 한 작은 용기와 보탬이 되고 싶었다. 겁 없고 용감해 뭐든 도전부터 하고 보는 우리와는 태생부터 다른 종족의 사람들이 겪은 멋진 모험 여행기가 아닌, 쫄보 끝판왕이 직접 겪고 경험해 본 소소하고 지질했던 하루하루의 성장 이야기. 이 책이 한 편의 시트콤을 보듯 그저 가볍고 유쾌하게 읽혔으면 좋겠다.

감사합니다, 이 책을 끝까지 읽어주신 귀한 내 생애의 첫 독자분들. 늘 건강하시길.